JN123351

まえがき

塩尻公明著『或る遺書について』は私たちの生き方を試される本である。否、本書は私たちの人間的成長の度合いと自問自答せざるを得ない本であるというべきかも知れない。読み進んでいって思わず涙せずにいられない人は、自己を誉めてあげてくださってよいと思う。それは、学問を愛しながらも、無謀な戦争の犠牲者の一人として、また戦犯として散らざるをえなかった学徒兵木村久夫の人間に対する愛情と好意と、久夫が師と仰いだ塩尻公明の教え子に対する深い哀惜の情とに示された師弟愛の真っただ中に自己を感化させた読者自身の美しい姿に他ならないと思われるからである。

塩尻公明の多くの人生論的随想集は、塩尻がその人生において直面して来た苦痛や苦悩に関する問題について、如何に戦い、また如何にして卒業して来たかを示す誠実で真摯な記録である。また、それらは、偏狭なる人間が健全な意識をもてる人間になろうとするための、また、徹底的に利己的なる人間が心の底より利他的な人間になろうとするための不断の闘いを綴った文章でもある。

塩尻は常に、自分の卒業の方法がすべての悩める人々に妥当するとは思わないと謙遜しているが、彼が扱っているテーマの一つひとつが人間性の本質に起因する問題であるだけに、彼の人生論はいつまでも新鮮さを失うことはないと思われる。

真実最高の生甲斐を追求して止まない人々が、人生を健全に生き抜く伴走の友として、本書を愛読してくださるならば、望外の喜びとする次第である。

なお、復刊編集にあたって、遺書の原文を現代仮名遣いとした。

二〇二四年二月

塩尻公明研究会

目次

或る遺書について

或る遺書について

1

この一文は、今度の戦争で失われた若い学徒の一人である木村久夫君の遺書について若干の紹介と解説とを与えようとするものである。彼の死は、今度の戦争で失われた多くの学徒の中でもめったに見られない非業の死ともいうべきものであった。だが彼は類まれな素直な立派な死に方を示してくれた。その遺書にはなんらの誇張も不自然さもなく、その筆蹟にも語調にも、平素自分たちが貰っていた手紙のそれとなんらの変わったところも感じられなかった。最後まで学問を愛したこと、最後まで沁々と現世の感触を受け取ろうとしたこと、我が国の将来に洋々たる希望を託し、みずからがその中で一役を演じえないことを寂しく思いつつも、豊かな心でこれを祝福し、自己の死をなるべく明るく解釈してむしろ感謝の念をもってこの世を去ろうとしていること、生前親しかったすべての人々にこまやかな愛情を運び、生前の恩誼を感謝し、行き届いた勧告をまで与えていること、しかもいよいよ最後の場面に望んでは同時に処刑された職業軍人たちにはその例を見出すことができなかったほどの落ちついた静かな態度を示したことなど、年若い学徒としては我々の仰ぎ見るに足るような死に方を示した。彼自身遺書の中に「人生にこれほど大きな試験はほかにないだろう」

といっているが、彼はその大きな試験に立派に及第した。このように立派な死に方を可能にした力はなんであったろう。彼の遺書に現われているところや彼の平生について知っているところを材料として、この点について若干の推測を下してみることも、この一文の意図するところの一つである。

木村君は昭和十七年三月高知高等学校を卒業して京都帝国大学経済学部に入学、その新しい制服もまだ十分に着慣れぬうちに応召入隊、入隊早々病気にかかり一ヶ年近くの病院生活を送ったが、退院するやいなや南方派遣軍に加わって内地を出発、約一万人の陸海軍人と共にインド洋の一孤島、ほぼ淡路島ほどの大きさをもつカーニコバル島に上陸、いくたびかの激しい戦闘ののち、その地で終戦を迎えるに至った学徒兵の一人であった。カーニコバル島の島民中には英語を話すインド人も少なくなく、中には大学を卒業して木村君の好んだ種類の書物を数多く所蔵しているものもあり、彼はそれらのインド人と親しみ、それらの書物を次々に借り受けて盛んに勉強していたそうである。また、激しい戦闘のあいまにも、故郷の家に残して来た、苦心の蒐集に成る愛蔵の書物のことをいくたびとなく懐かしそうに、また誇らしげに口にしていたそうである。英語も非常に熟達して、軍中で一、二を争う有能な通訳となった。しかしこのことはまた彼の不運の原因ともなった。島民に対する様々の指令や調査や処罰などのあらゆる場合に、彼は通訳として関係しなくてはならなかった。ことに終戦の直前に島民中のスパイの検挙が行なわれて多数のインド人が処刑されたとき、その逮捕や取調べに関係しなくてはならなかったことは、彼にとってとくに不利な事情となった。彼に命令を下した上官たちの当然に荷うべき責任の多くが、彼らの卑怯な言い逃れや木村君の遺書に現われているような事情などによって多く彼の一身に負わされることになった。すでに激しい暴行を受けて瀕死の状態に陥っていた犯人が彼にさげ渡されて、彼が困却しているうちに死んでしまった、というようなことも起こった。英軍の上陸後この処刑事件が問題とされるに及んで、彼は軍司令官某中将、兵団長某少将、その他の高級武官たちと共に軍事裁判に附せられ、戦争犯罪人として死刑の宣告を受け、ついに昭和二十一年五月二十三日シンガポールの刑場に異境の露と消えるに至ったのである。彼はもともと軍隊と戦争とがなによりも嫌いな青年であって、初めて軍服を着なくてはならなくなった日にも、そのことを言い言いしていたという。島にいた間にも他の日本軍人のように残虐な行為は一つもなく、島民に親しまれ――英軍に軟禁されるようになってからも島民は彼に色々の物を差し入れていたという――子供たちにいつも附きまとわれていたやさしい兵士であった。その彼が奇しき運命の手によって戦争犯罪人として処刑されることになり、しかも職業軍人に見ることのできない立派な死に方を示してみせる、という廻り合わせになったのであった。高級武官たちが上ずった気違いじみた声でわざとらしく天皇陛下万才を叫んだり、みずからの足で歩むことができず附添の兵士に支えられてやっと死刑台の上に立つという醜態を演じているのに対して、落ち着いた足どりでみずから死刑台の上に登ってゆくことのできたものは木村君といま一人高商教授の某氏と、二人のインテリのみであったということである。最後の日の彼の風貌や、判決後の獄中の生活状態などについては、引き揚げて来た多くの戦友たちや、未決状態の間同じ獄中にいて後に釈放された人々や、彼が刑場に赴く最後の瞬間まで、いくたびか彼を訪れ彼と語り合った日本渉外局のある僧侶などの物語りによって、しだいに明瞭となってきたが、それらの物語りのすべてが、彼自身の遺書に現われている雰囲気とよく符合しているように思われるのである。その僧侶の語ったところによれば「受刑の直前に至って物狂わしい虚勢も示さねばいささかの恐怖の色をも浮かべず、全くもの静かな態度で刑場へ歩みを運び、自分はそこに聖僧のような姿を感じた」ということである。彼自身も遺書の中に「自分は日本軍人の亀鑑たらずとも少なくとも教養ある日本人の一人としていささかの恥ずべき行為をもしなかったつもりです」といい「死ぬときもきっと立派に死んでゆきます」といって、十分な自信のほどを示しているが、これは決して単なる誇張ではなかったようである。

2

確定した刑の執行を待ちつつ独房の中で暮していたときに、彼はある戦友の手を通じて田辺博士の「哲学通論」を手に入れた。いよいよ刑の執行を受けるときまでに、これを繰り返して三回まで通読することができた。正式の遺書を書く機会はとうてい与えられず、それが故国に伝えられるというような事はもちろん不可能であろうと考えた彼は、この書物だけはあるいは遺品の一つとして故国に届くこともあろうかと推測して、この書物の欄外余白に小さな克明な鉛筆の文字で遺書の代りともなるべき様々の感想を書きつらねたのであった。以下この一文に彼の遺書の一部として引用する文章は、すべてこの書きこみの中から引いてきたものである。彼の感想は、いうまでもなく推敲の結果書かれたものではなく、文辞必ずしもととのってはいない。また重複、繰り返しも至るところにある。しかしながら、このように特異の環境の下に立った若い学徒が、その時その時の実感をそのままに文章に盛ったものとして、独特の価値をもっていると思う。

彼の遺書が我々を打つところのまず第一の特徴は、実に最後の瞬間まで学問を愛しえたという彼の実力を、ありのままに示しているということである。臨終の真際までその研究をたたなかった学者の美談は世に必ずしも少なくはない。しかしそれはハッキリとした死刑の宣告を受けたのちに、受刑の瞬間までそうしたというわけではない。「哲学通論」の第一頁には次のような書き入れがある。「死の数日前偶然にこの書を手に入れた。死ぬまでにもう一度これを読んで死につこうと考えた。四年前私の書斎で一読したときのことを思い出しながら。コンクリートの寝台の上ではるかなる故郷、我が来し方を想いながら、死の影を浴びながら、数日後には断頭台の露と消える身ではあるが、私の熱情はやはり学の途にあったことを最後にもう一度想い出すのである。」

　また同じ場所に時を異にして書き入れられた次の文章がある。「この書に向かっているとどこからともなく湧き出ずる楽しさがある。明日は絞首台の露と消ゆるやもしれない身でありながら、つきざる興味に惹きつけられて、本書の三回目の読書に取り掛かる。昭和二十一年四月二十二日」

　数頁あとの余白には次の書き入れがある。「私はこの書を十分に理解することができる。学問より離れてすでに四年、その今日においてもなお難解をもって著名な本書をさしたる困難もなしに読みうる今の私の頭脳を我ながら有難く思うと共に、過去における私の学的生活の精進を振り返って楽しく味あるものと我ながら喜ぶのである。」

　また数頁あとには「数年前私がまだ若き学徒の一人として社会科学の基本原理への欲求の盛なりしとき、その一助としてこの田辺氏の名著を手にしたことがあった。何分有名な難しい本であったので、非常な労苦を排して一読したことを憶えている。その時は洛北白川の一書斎であったが、今ははるか故郷を離れた昭南の、しかも監獄の冷たいコンクリートの寝台の上である。生の幕を閉じる寸前、この書を再び読みえたということは、私に最後の楽しみと憩いと情熱とを与えてくれるものであった。数ケ年の非学究的生活の後に初めてこれを手にし一読するのであるが、なんだかこの書の一字一字の中に、昔の野心に燃えた私の姿が見出されるようで、誠に懐しい感激に打ちふるえるのである。真の名著はいつどこにおいてもまたいかなる状態の人間にも燃ゆるがごとき情熱と憩いとを与えてくれるものである。私はすべての目的、欲求からはなれて一息の下にこの書を一読した。そしてさらにもう一読した。なんともいえないすがすがしい気持であった。私にとっては死の前の読経にも比すべき感覚を与えてくれた。かつてのごとき野心的な学究への情熱に燃えた快味ではなくして、およそあらゆる形容詞をも超越した、言葉ではとうてい現わしえないすがすがしい感覚を与えてくれたのである。私はこの本を、私の書かれざる遺言書として、なんとなく私というものを象徴してくれる最適の記念物としてあとに残すのである。私がこの書に書かれている哲理をすべて十分に理解したというのではない。むしろ私の理解したところはこの書の内容から遙かに距離のあるものかもしれないが、私のいいたいことは、本書の著者田辺氏が本書を書かんとして筆を採られたその時の気分が、私の一生を通じて求めていた気分であり、この書を遺品として、最もよく私を象徴してくれる遺品として残そうと思わしめる所以の気分である、ということである。」

最後に近い頁の余白にこの書を託して送る人について次のように書かれている。「この本を父母に渡すようお願いした人は上田大佐である。氏はカーニコバルの民政部長であって、私が二年にわたって御厄介になった人である。他のすべての将校が兵隊など全く奴隷のごとく扱って顧みないのであるが、上田氏は全く私に親切であり、私の人格も十分尊重された。私は氏より一言のお叱りをも受けたことはない。私は氏より兵隊としてでなく一人の学生として取り扱われた。もしも私が氏にめぐり会うことがなかったら、私のニコバルにおいての生活はもっと惨めなものであり、私は他の兵隊が毎日やらされていたような重労働によりおそらく病気で死んでいたであろうと思われる。私は氏のお蔭によりニコバルにおいては将校すらも及ばない優遇を受けたのである。これ全く氏のお蔭で氏以外の何人のためでもない。これは父母に感謝されてよい。そして法廷における氏の態度もじつに立派であった。」

最後の頁には次のような記入がある。「この一書を私の遺品の一つとして送る。昭和二十一年四月十三日、シンガポール、チャンギー監獄において読了。死の直前とはいいながら、この本は言葉では現わしえない楽しさと、静かではあるが真理への情熱とを与えてくれた。なんだかすべての感情を超越して私の本性を再びゆり覚ましてくれるものがあった。これがこの世における最後の本である。この本に接しえたことは、無味乾燥なりし私の生涯の最後に一抹の憩いと意義とを添えてくれるものであった。母よ泣くなかれ、私も泣かぬ。」

3

彼はなぜこのように静かな心境をもって死を迎えることができたのであろうか。死を迎えんとする彼自身の心構えについて彼はいくつかの断片を遺書の中に書いている。それらの文章は確かに彼が静かな落着きをもって死を迎えたことの実感を示している。また彼が静かに死を迎えうることの理由を説明しようとさえしている。しかしながら自分の感ずるところでは、それらの文章は彼がかかる心境にありえたことの真の原動力を必ずしも説明しえてはいないと思う。まずこの点に関する彼自身の言葉を読み、そのあとで自分の意見を述べることとしよう。「哲学通論」の二三頁目に、いよいよこの書物への書きこみをもって遺書に代えようと決心した時に書いたものと見える次のような一文がある。

「私の死に当たっての感想を断片的に書き綴ってゆく。紙に書くことを許されない今の私にとってはこれに記すよりほかに方法はないのであろう。私は死刑を宣告された。誰がこれを予測したであろう。年齢三十に至らず、かつ学半ばにしてすでにこの世を去る運命、だれがこれを予知しえたであろう。波瀾の極めて多かった私の一生はまたもや類まれな一波瀾の中に沈み消えてゆく。我ながら一篇の小説を見るような感じがする。しかしすべては大きな運命の命ずるところと知ったとき、最後の諦観が湧いてきた。大きな歴史の転換の蔭には私のような蔭の犠牲がいかに多くあったかを過去の歴史に照らして知るとき、全く無意味のものであるように見える私の死も、大きな世界歴史の命ずるところなりと感知するのである。日本は負けたのである。全世界の憤怒と非難との真只中（まっただなか）に負けたのである。日本がこれまであえてしてきた数限りない無理非道を考えるとき、彼らの怒るのは全く当然なのである。今私は世界全人類の気晴らしの一つとして死んでいくのである。これである。世界人類の気持が少しでも静まればよいのである。それは将来の日本に幸福の種を残すことなのである。私はなんら死に値する悪をなしたことはない。悪をなしたのは他の人々である。しかし今の場合弁解は成立しない。江戸の仇を長崎で打たれたのであるが、全世界からしてみれば彼も私も同じく日本人である。彼の責任を私がとって死ぬことは、一見不合理のようにみえるが、かかる不合理は過去の日本人がいやというほど他国人に強いてきたことであるから、あえて不服はいいえないのである。彼等の眼に留まった私が不運なりとするよりほか、苦情のもってゆきどころがないのである。日本軍隊のために犠牲になったと思えば死にきれないが、日本国民全体の罪と非難とを一身に浴びて死ぬのだと思えば、腹も立たない。笑って死んでいける。このたびの私の裁判においても、また判決後においても、私の身の潔白を証明すべく私は最善の努力をなしてきた。しかし私があまりにも日本国のために働きすぎたため、身は潔白であっても責は受けなければならないのである。ハワイで散った軍神も今となっては世界の法を犯した罪人以外の何者でもなくなったと同様に、ニコバル島駐屯軍のために敵の諜者を発見した当時は全島の感謝と上官よりの讃辞を浴び、方面軍より感状を授与されるやもしれずとまでいわれた私の行為も、一ヶ月後に起こった日本降伏のためたちまちにして結果は逆になった。しかしこの日本降服が全日本国民のために必須なる以上私一個人の犠牲のごときは涙をのんで忍ばねばならない。苦情をいうなら、敗戦と判っていながらこの戦を起こした軍部にもってゆくより仕方がない。しかしまたさらに考えを致せば、満州事変以後の軍部の行動を許してきた全日本国民にその遠い責任があることを知らなければならない。……我が国民は今や大きな反省をなしつつあるだろうと思う。その反省が、今の逆境が、明るい将来の日本のために大きな役割を果たすであろう。これを見えずして死するは残念であるが、世界歴史の命ずるところ所詮(しょせん)致し方がない。……日本はすべての面において混乱に陥るであろう。しかしそれでよいのだ。ドグマ的なすべての思想が地に落ちた今後の日本は幸福である。マルキシズムもよし、自由主義もよし、すべてがその根本理論において究明され、解決される日が来るであろう。日本の真の発展は、そこから始まるであろう。すべての物語りが私の死後より始まるのはまことに悲しいが、我にかわるもっともっと立派な、頭の聰明な人がこれを見、かつ指導してくれるであろう。なんといっても日本は根底から変革され構成され直さなければならない。若き学徒の活躍を祈ること切である。」

また別のところには、「降伏後の日本はずいぶん変わったことだろう。思想的にも政治的経済的にもずいぶんの試練と経験とを受けるであろうが、そのいずれもが見応えのある一つ一つであるに相違ない。その中に私の時間と場所とが見出されないのは誠に残念だ。しかし世界歴史の動きはもっともっと大きいのだ。私のごとき者の存在には一瞥もくれない。泰山鳴動して踏み殺された一匹の蟻にしかすぎない。私のごとき者の例は数限りなくあるのだ。戦火に散っていった幾多の軍神たちもそれだ。原子爆弾で消えた人々もそれだ。かくのごとき例を全世界に渉って考えるとき、自ら(おのずか)私の死もうなずかれよう。すでに死んでいった人たちのことを考えれば、今生き残りたいなどと考えるのはその人たちに対してさえすまないことだ。もし私が生きていればあるいは一人前の者となっていくぶんかの仕事をするかもしれない。しかしまたただのつまらぬ凡人として一生を送るかもしれない。未だ花弁も見せず蕾のままで死んでゆくのも一つの在り方であったかもしれない。今はただ、神の命ずるままに死んでゆくよりほかにないのである。」

父母を慰さめようとしてある場所には次のようにいっている。「私が戦も終わった今日に至って絞首台の露と消えることを、私の父母は私の不運を嘆くであろう。父母が落胆のあまり途方にくれられることなきかを最も心配している。思いめぐらせば私はこれでずいぶん武運が強かったのである。インド洋の最前線、敵の反抗の最も強烈であった間、これで最後だとみずから断念したことがいくたびもあった。それでも私は擦り傷一つ負わずして今日まで生き長らええたのである。私としては神がかくもよく私をここまで御加護して下さったことを感謝しているのである。私は今の自分の不運を嘆くよりも過去における神の厚き御加護を感謝して死んでいきたいと考えている。父母よ嘆くな。私が今日まで生きえたということが幸福だったと考えて下さい。私もそう信じて生きていきたい。」

またある場所では次のような考え方を述べている。「私の死を聞いて先生や学友が多く愛惜してくれるであろう。きっと立派な学徒になったであろうに、と愛惜してくれるであろう。もし私が生き長らえて平々凡々たる市井の人として一生を送るとするならば、今このままここで死する方が私として幸福かもしれない。まだまだ世俗凡欲に穢(けが)されきっていない、今の若き学究への純粋さを保ったままで一生を終わる方があるいは美しく潔いものであるかもしれない。私としては生き長らえて学究としての旅路を続けていきたいのは当然のことではあるが、神の眼から見て、今運命の命ずるままに死する方が私には幸福なのであるかもしれない。私の学問が結局は積読（つんどく）以上の幾歩も進んだものでないものとして終るならば、今の潔いこの純粋な情熱が一生のうち最も価値高きものであるかもしれない。」

いよいよ最期が近づいた頃、死をあえて恐れぬ心境を次のように表現している。「この頃になってようやく死というものが大して恐しいものではなくなってきた。決して負け惜しみではない。病で死んでゆく人でも、死の前になればこのような気分になるのではないかと思われる。時々ほんの数秒間、現世への執着がヒョッコリ頭をもち上げるが、すぐ消えてしまう。この分なら大して見苦しい態度もなく死んでゆけると思っている。なにをいっても一生にこれほど大きな人間の試験はない。今では父母妹の写真もないので毎朝毎夕、眼を閉じて昔の顔を思い浮かべては挨拶をしています。あなたたちもどうか眼を閉じて私の姿に挨拶を返して下さい。……私のことについては以後次々に帰還する戦友たちが告げてくれましょう。なにか便りのあるごとに、遠路ながら戦友たちを訪問して私のことを聴き取って下さい。私はなに一つとして不面目なことはしておらないはずです。死んでゆく時もきっと立派に死んでゆきます。私はよし立派な日本軍人の亀鑑たらずとも、高等の教養を受けた日本人の一人として、なんら恥ずるところのない行動をとってきたつもりです。それなのにはからずも私に戦争犯罪者なる汚名を下されたことが、孝子（こうこ）の緑談や家の将来になにかの支障を与えはせぬかと心配でなりません。カーニコバル島に終戦まで駐屯していた人ならば誰もが皆私の身の公明正大を証明してくれます。どうか私を信じて安心して下さい。」

彼はこれらの文章の中に、彼がどのように考えて死をうべないうるに至ったかを一応説明しているように見える。しかしながら、日本国の将来の発展のために一つの小さな犠牲となることの故に喜んで死んでゆけるといい、ここまで生き残ってきたことがすでに感謝すべきことなのであるといい、また幾百万の同様の運命にあった死者たちのことを思えば、生き残りたいという希望をもつことすら不正と感ずる、というような論理そのものが彼をして安らかに死なしめたというよりは、むしろ落着いてこのような論理を駆使せしめ、大きな祖国の運命や多くの人々の死の運命などを独房の中で大観することをえせしめたところの、論理の底にあるゆるぎなき実感こそ、彼を安んじて死なしめた当の原動力であると思われるのである。そしてそのゆるぎない実感とは、彼がよく生きて、ある程度まで生きることの真髄にふれることができていた、その無意識の実感にほかならないであろう、と思われてならないのである。そしてこの実感の少なくとも一つの要素をなしていたものは、彼がまだ年少でありながら真に好学の念をもち、真理追求の純粋なる悦びをすでに味わい知っていた、という一つの事実であると思われる。彼はいわゆる秀才肌の学生ではなかった。ことに高等学校時代の初期には家庭的な葛藤、ことに父親と母親とが感情的にしっくりゆかず、父親にはかなり封建的なわがままが見られるということを苦にして、勉強も手につかず、写真を写してまわったり、喫茶店めぐりをしたり、酒を飲んで町を歩いたりしていたので、学校当局からは不頼の生徒と見られ、友人や町の人々からも放逸の生徒と見られていた。ことに講義のより好みをして彼の好まぬ講義は徹底的にさぼるので、教師たちの人望もはなはだ芳しくなかった。しかし彼の内には、こういう表面の姿からは想像もつかぬような真摯な好学心が潜んでいて、簡素な不自由な衣食住にも耐えて幾日でもぶっ続けに勉強に没頭することのできる逞しい力をもっていた。自分が彼の提出した論文に対していささかの批評や感想を与えると、これに感激してまた驚くほどの労苦を投じて新しい論文を作り上げた。最初は政治学的なものを書いていたが徐々に経済学的なものに深入りしてきた。二年生の頃の論文はやたらに広く読んでそれらの材料をつなぎ合わせたものにすぎず、ただその読書の量に感心する程度のものであったが、三年生になると次第に自己独自のものを仄めかすようになった。「このように難しいものには私にはとても手が出ません」と語っている難解の書物を、一、二ヶ月の後にはいつの間にか読んでしまっているのでこちらが驚かされた。読書の範囲も哲学経済学政治学歴史学など広汎な領域にわたっていて、結局は経済学専攻ということに決めたのであるが、彼のねばり強さと広汎な理解力とをもってすれば、彼がいわゆる俊敏な秀才肌でなかったことの故に、かえってむしろ重厚な学徒らしい学徒となりうる可能性が大であったのではないかと思う。学問への興味が増してくるにつれて、彼の「聖僧」的な要素がいよいよ圧倒的に全生活を支配するようになり、休暇などには、幾十日を山間の小さな宿屋などに閉じこもって、昼も夜も読書や論文の起草に没頭するようになってきた。遺書の中に次のような断片があるが、これは高等学校二年のときの夏休みに石槌山の麓の宿屋に閉じこもって初めて組織的な読書を始めたときのことを書いたものと思われる。「私の一生のうち最も記念せらるべき日は昭和十四年八月だ。それは私が四国の面河（おもごう）の渓で初めて社会科学の書をひもといた時であり、また同時に真に学問というものの厳粛さを感得し、一人の自覚した人間として出発した時であって、私の感激ある生はただその時から始まったのである。」

　彼は卒業すべき年に落第して三年生を二回繰り返さねばならなくなった。欠席日数が多過ぎたり嫌いな講義の勉強をおろそかにしたりしたためである。及落会議の結果が発表されたとき彼は学校をやめることを考えた。彼のとくに嫌った一、二の講義を思い浮かべて、いま一度あの講義を聞かねばならぬと思うととうてい辛抱ができない気がしたのであるという。しかしその夜、気分転換のためにほとんど徹夜してある経済学書を読んでいるうちに、つきざる学問的興味のために憂鬱は一掃され、この学問を大成するためにはどんなにいやな一年をも我慢してどうしても大学までゆかねばならぬと考え直して再び学校を続ける気持になったという。自分などは学問を仕事としていると称しながら、憂鬱な気分から脱却しようとするときに、経済学書はおろかほかのどんな学術書にせよ、これを読むことによって厭世感から救われるというような事はとうてい起こりえない。なにか宗教的なないしは生活的な文章を読んだり、静坐したりするほかはない。木村君は若年にしてすでに学問の書によって人生の憂鬱に打ち克ちうるだけの好奇心と、真理追求の歓びとを知っていたのである。死刑の直前に静かに難解の哲学書を読みうるだけの素地はすでに高等学校の時から養われつつあったのである。彼の望みは立派な書物を書くということにあったが、その望みが成就されて真実見事な書物を書きえたならば、いうまでもなくその社会的効用は大きかったであろう。しかしながら彼自身の幸福と生甲斐感との根底は、書物を書きうることにはなくて、むしろ真に学問の楽しさを知り、真理追求の人格完成的意義を実感する所にあった。彼をして真に安んじて死なしめうる力は、幾冊の書物を書いてもおそらく出てはこなかったであろうが、ただ真に学を楽しむ実感を持ちえたところからは生まれてくる可能性があった。少なくともこの一点において彼はよく生まれたものであり人生の真髄にふれたものであるからである。故河合栄治郎教授の最後の日記を見ると、教授が四十三、四歳の頃、西洋留学から帰ってくる船の中で、もういつ死んでもよいと感じた、ということを述懐している。五十三、四歳の頃の教授は、少なくとももう十年、「理想主義体系」を完成するまでは石にかじりついても生きていたい、といっていた。しかしながら前の心境の方がより根本的な決定的な意味をもっていた。独自の仕事や真剣な仕事をもっているものは何人でも、それを成しとげるまでは石にかじりついても生きていたいと思うに違いない。自分などは、小さな一つの文章を書くにすぎない時ですら、少なくともこれを書きおわるまでは自分も死なず、子供たちも死なないように、と祈るような気持が起こることがある。そしてそういう仕事のできあがるかいなかは、社会的観点から見れば、すべてかゼロかの相違であると一応はいってよいであろう。しかしながら仕事する人間自体に着目していえば、彼の幸福の核心は必ずしもその仕事の成否にかかってはいない。彼の人間がすでにどんなところにまで成長してきているか、どんな生活内容を実感しえているかということが決定的な問題である。そしてこの点に関する実力は、またそれ自体が、仕事の成否とは関係なしに、ほかの人間の実生活に対して直接間接の影響力と感化力とをもちうる点において、やはり広汎顕著な社会的効用を発揮することができるのである。晩年の河合教授も一応は、理想主義体系が完成するまでは石にかじりついても生きていたいといいながら、同時に「ただし死すべき時にはいつでも死なねばならない、それこそが理想主義哲学の命ずるところであるから」とつけ足すことを忘れなかった。そしてこの但書(ただしがき)を添加しうる実力は、教授が十年前に、もういつ死んでもよい、という実感をもちえたところにすでに成熟していたと見てよいのである。教授が四十代の初めに再度西洋留学の旅に上りうることになったときに、いかに勇躍の思いでそれを迎えたかは、その頃の教授の言論や文章の中に到るところにうかがわれたのであって「学徒として生まれた身の幸い」を心から感謝していたのであった。そして西洋諸国に留学している間に、おそらく学問することの意味と歓びとの奥深いものにふれて、自己の生涯において味わいうるであろう最高の生活感情をすでに味わうことができたという無意識の実感をもちえたのであろう。これが帰国途中の船中の「もういつ死んでもよい」という実感となって現われたのであろうと思われる。いずれにせよ、木村君の死は、真の学徒というものが、いかなる武人にもまして、死すべき時に晏如(あんじょ)として死にうるものであることを身をもって実証したものといわねばならない。学問には限らない、いくつまで生きていても為しつくせないほどの大きな仕事をもちながら、しかしそれを途中にしていつでも晏如として死んでゆける、ということが真人の境地であるに相違ないのである。

4

木村君を安んじて死なしめた原動力のいま一つの要素は、彼の恵まれた天分の一つであったところの、生まれながらの愛情の深さと大まかさとであったと思われる。彼の母方の祖父は吹田市近郊の有名な義民農夫であり、生涯他人の世話ばかりをして暮したという、今もその土地に彰徳碑の残っている農夫であった。木村君が友人の世話をするためにははなはだ親切で大まかで実にきれいに物ばなれもしたということは、単に彼の家になお相当の資産があって食うには困らなかった、という経済的事情だけでは片づけられないものがあった。彼には学問的天分よりももっと貴重な愛情的天分があった。彼の瑞々しい愛情は、縁あって彼のふれたところの、到るところの人々に注ぎかけられた。カーニコバル島でも子供たちが彼にまつわり歩いたということであるが、高等学校時代に彼のいた高知の町でも子供たちをよく可愛がり、彼のいたましい死が伝えられたときに、そこでは彼に愛された子供たちとその母親たちとでまた別に追悼の集まりをもったほどである。一週一度の自分の面会日には欠かさず自分の家に入り浸りになり、自分が転居すると彼も自分の家の近くに下宿を転じてくる、というほどに人なつこかった。講義用のプリントを刷ることや書斎の整理をすることや、その他家庭生活の雑事に至るまで、気がつくことは何事でも「先生手伝いましょう」と申し出てくれて、自分はこの世の中にこれほど喜んで人の助力を申し出るものがあるのに驚くくらいであった。みずからはしばしば徹夜に近いほどの勉強を続けている若い学生が、同時にこういう物惜しみしない助力を申し出るということは、よくよくの天分でなければできることではない。愛情のゆたかな、他人に物惜しみしない心の豊かな者ほど、安んじて死を迎える力の強い者であるということは、自分にとってはいつの間にか牢固たる確信となってきているように思われる。よりよく愛しうるものほど充実して生きることの核心をよりよく知っているものであるからである。J・S・ミルはその「宗教論」の中に「死後に残す人々の運命を自分自身の運命と感じうる能力を欠如しているものほど、利己的にのみ生きてきて利他の喜びを実感した経験のないものほど、老年に至って自己自身の快楽がゼロに近づくに及んでいよいよ利己的な形における生命の存続を妄執するものである」ことを力説しているが、いかなる人の永生の欲求をもすべて利己的な欲求であるかのように断定しえないことはいうまでもないとしても、ミルの指摘しているような傾向は確かに実在していると思う。どのように立派な社会改革の理論をもっている人でも、彼の言動の最深の動機が単なる事業欲や名誉欲から出ているものである限りは、また民衆に対する沁々とした愛情を欠いている限りは、いざという時に牢獄の中で喜んで死んでいける、ということにはなりがたいであろう。木村君も後に引用するように、一時は生きんがための猛烈な努力を試みた。しかしある段階まできてもはや無益と悟るや、看視のイギリス兵なども不思議に思ったほどの静かな諦観に移行したということである。彼は生きることをも理不尽に貪らず、この点においても大まかでさばさばと物ばなれすることができた。

　残してゆく人々への彼のこまやかな心の運び方について、遺書の中から二、三の実例を拾い上げよう。父母に対しては先立つ不孝を繰り返してわび、父母が自分の非業な最期によって生きる力を失うに至らんことを心配して様々の言葉をもって勇気づけようと力め、妹孝子さんの幸福な結婚を念願することを繰り返し、さらに次のような文句がくり返して現われている。「私の最も気がかりなのは、私の死後一家仲よく暮していって下さるかということです。私の記憶にある我が家は決して明朗なものではなかった。私が死に臨んで挨拶する父の顔も、必ずしも朗らかな笑顔でないことは悲しいです。どうか私の死を一転機として、私への唯一の供養として、今後明朗な一家として日々を送って下さい。不和はすべての不幸不運の基のような気がします。因縁論者ではないが、このたびの私の死も、その遠因の一部があるいはそこから出ているのではないかとも強いて考えれば考えられないこともないかもしれません。新時代の一家の繁栄のために、唯々和合をばモットーとしてやって下さい。これが私の死に当たって切に父に希う一事であります。」

親戚や知人の多くに対しても一々別れを告げ、生前の恩誼に対して手厚い感謝の言葉を捧げた。例えば「家庭問題をめぐってずいぶんな御厄介をかけた一津屋の御祖母様の御苦労、幼な心にも私には強く刻みつけられていた。私が一人前となったら、まず第一にその御恩返しをぜひせねばならないと私は常々それを大切な念願として深く心に抱いていた。しかし今やその御祖母様よりも早く立っていかねばならない。この大きな念願の一つを果たしえないのは、私の心残りの大きなものの一つである。この私の意志は妹の孝子によりぜひ実現されんことを希う。今まで口には出さなかったが、この期に及んでとくに一筆する次第である。」

昔の教師に対する挨拶ももちろん忘れてはいない。「塩尻徳田八波の三先生はどうしていられるであろう。私のことを聞けばきっと泣いて下さるであろう。ずいぶん私はお世話をかけた。私が生きていれば思いはつきない方々なのであるが、なんの御恩返しもできずしてはるか異郷で死んでゆくのは私の最も残念とするところである。せめて私がもう少しましな人間になるまでの命が欲しかった。私の出征するときに言い遺したように、私の蔵書は全部塩尻先生の手を通じて高等学校に寄附して下さい。塩尻先生にどうかよろしくお伝えして下さい。先生より頂戴した御指導と御好意とはいつまでも忘れず死後までも持ちつづけていきたいと思っています。先生の著書『天分と愛情の問題』をこの地の遠隔なりしため今日の死に至るまでついに一度も拝読しえなかったことはくれぐれも残念です。」

彼の人なつっこい温かみはどのような境遇にあっても自然に周囲の人々に通じたらしい。牢獄の中でもオランダ兵もイギリス兵も彼に対してのみは不思議に親切であったようである。上官の命に従って公判廷でかくしていた事実の真相を早くぶちまけて死を免れるようにと親切に勧めてくれたオランダ兵もあったそうである。遺書の中には次のような一節がある。「我々罪人を監視しているのはもと我が軍の俘虜たりしオランダ軍兵士である。かつて日本兵士より大変ひどい目にあわされたとかで我々に対するしっぺ返しは相当のものである。なぐる、ける、などは最もやさしい部類である。しかし我々日本人もこれ以上のことをやっていたのを思えば文句もいえない。ぶつぶつ文句をいっている者に陸軍の将校の多いのは、かつての自己の所行を棚に上げたもので、我々日本人から見てさえもっともとは思われない。一度も俘虜を使ったことのない、また一度もひどい行為をしたことのない私がこのような所で一様に扱われるのは全く残念ではあるが、しかし向こうからすれば私も同じ日本人である。区別してくれという方が無理かもしれない。しかし天運なのか私はまだ一度もなぐられたことも蹴られたこともない。大変皆々から好かれている。我々の食事は朝米粉の糊と夕方にかゆを食う二食で、一日中腹がぺこぺこで、やっと歩けるくらいの精力しかないのである。しかし私は大変好かれているのか、監視の兵隊がとても親切で、夜分こっそりとパン、ビスケット、煙草などをもってきてくれ、昨夜などはサイダーを一本もってきてくれた。私は全く涙が出た。その物に対してよりもその親切に対してである。その中の一人の兵士があるいは進駐軍として日本へ行くかもしれぬというので、今日私は私の手紙を添えて私の住所を知らせた。この兵士は私のいわば無実の罪に非常に同情して親切にしてくれるのである。大局的には極めて反日的である彼らも、個々人に接しているうちにはこのように親切にしてくれる者も出てくるのである。やはり人間だと思う。」

彼が静かに死に当面することを可能にした原動力の一部を形作るものとして、自分は以上に彼の好学心と愛情とをあげてきた。だが、なおそのほかに、彼はおぼろげながら永生の予感をもっていたのではないかと思われる。自分と同級生の尾崎秀実（ほつみ）君と似た境遇にあって、同じように立派な死に方をしたが、彼は最後まで死後の生活を信じなかったようである。死後の生活を信じうる心とそうでない心と、人間としていずれが優れているかは軽々に断定はできない。正義のためにあるいは社会改革の大目的のために立派な死に方をした志士仁人で少しも永生の予感をもたなかった人は少なくない。しかしながら、真によく深く生きた手ごたえをもった人々や、自己の内に無窮の向上心を自覚しえた人々の中に、利己的動機からではなしに、かくのごとき生活をなしうる魂やかくのごとくつきるところのない向上の大志を抱きうる魂の突如たる断滅をどうにも肯（うべな）いえない心から、永生を信じざるをえない人々が存在している。この種の人々は、哲学的論議や科学的論証のようにあくまでも懐疑の余地を残すものとは異なって、最も動かし難い永生の実感を抱きうる人々であるように思われる。ゲーテやベートーベンやバッハなどは、このタイプの人々ではないかと思われる。この種の人々の永生感は、彼らが粗野なルースな迷信に陥っていたことを物語るものではなくて、彼らの実生活の真実に優れていたことと、彼らの魂の高貴で繊細で鋭利であったことを物語るものであるといわねばならない。木村君は死刑の運命が確定してから後にも度々周囲の人々に述懐して、どうも自分がいなくなってしまうとはどうしても信じられないと語っていたそうである。自分は彼のこの言葉を、善良にして潤いある、彼の魂の性格をそのままに露出した声として聞きたいような気持がする。遺書の中には半ばたわむれの口ぶりで書いた次のような断片がある。「もしも人々がいうように、あの世というものがあるなら、死ねば祖父母にも戦死した学友たちにも会えることでしょう。あの世でそれらの人々と現世の思い出話しをすることを楽しみの一つとしてゆきましょう。また人々がいうように、もしもできるものなら、あの世で蔭ながら父母や妹夫婦を見守ってゆきましょう。常に悲しい記憶を呼び起こさしめる私かもしれませんが、私のことも時々思い起こして下さい。そしてかえって日々の生活を元気づけるように考えを向けて下さい。」

5

彼は静かに死を待ちつつ最後の一瞬まで泌々と現世の感触を惜しんだようである。毎週金曜日に、次に死刑台に上るべき人々とその時間との通達があって、その中に入らないものは少なくとも一週間は命が延びたことになる。また彼のいた独房からは、処刑される人々の最後の気配や物音がよく聞きとられたということである。こういう環境の中で、彼は遺書の中の次のような断片を書いたのである。「吸う一息の息、吐く一息の息、喰う一匙の飯、これらの一つ一つが今の私にとっては現世への触感である。昨日は一人、今日は二人と絞首台の露と消えてゆく。やがて数日のうちには私へのお呼びも掛かってくるであろう。それまでに味わう最後の現世への触感である。今まではなんの自覚もなく行なってきたこれらのことが、味わえば味わうほど、このように痛切な味をもっているものであるかと驚くばかりである。口に含んだ一匙の飯がなんとも言いえない刺激を舌に与え、溶けるがごとく喉から胃へと降りてゆく触感を、眼を閉じてじっと味わう時、この現世の千万無量の複雑な内容が、すべてこの一つの感覚の中にこめられているように感ぜられる。泣きたくなることがある。しかし涙さえもう今の私には出る余裕はない。極限まで押しつめられた人間には何の立腹も悲観も涙もない。ただ与えられた瞬間々々をただ有難くそれあるがままに享受してゆくのである。死の瞬間を考えるときにはやはり恐ろしい、不快な気分に押し包まれるが、その事はその瞬間がくるまで考えないことにする。そしてその瞬間がきた時は即ちもう死んでいる時だと考えれば、死などは案外やさしいものではないかとみずから慰めるのである。」

だがいさぎよく死を受け取る気持となるまでに、彼は彼にとって不当の死と思われたものを免れるために、できる限りの努力は払ったのであった。公判廷では上官に命ぜられた通りに、上官の責任に帰着すべき多くの事実を隠していたために、彼にとっては意外に早く最後の判決が下され、また彼にとっては意外千万にも死刑の判決が下された。その判決を受け取ってのち、彼は事実の真相を明らかにするために長文の文書を書いた。これを知った上官たちは一様に不安の念にかられたということである。次のように憤激した一文が遺書の中に見出される。「私は生きるべく、私の身の潔白を証明すべくあらゆる手段をつくした。私は上級者たる将校たちより、法廷において真実の陳述をなすことを厳禁され、それがため命令者たる上級将校が懲役、被命者たる私が死刑の宣告を下された。これは明らかに不合理である。私にとっては、私の生きることがかかる将校連の生きることよりも日本にとって数倍有益なことは明白と思われ、また事件そのものの実情としても、命令者なる将校に責がゆくべきが当然であり、また彼らはこれを知れるが故に私に事実の陳述を厳禁したのである。またここで生きることは私には当然の権利であり日本国家のためにも為さねばならぬことであり、また最初の親孝行でもあると思って、判決のあった後ではあるが、私は英文の書面をもって事件の真相を暴露して訴えた。判決後のことであり、また上告のない裁判であり、私の真相暴露が果たして取り上げられるか否かは知らないが、とにかく最後の努力を試みたのである。初め私は虚偽の陳述が日本人全体のためになるならばやむなしとして命に従ったのであるが、結果は逆に我々被命者の仇となったので、真相を暴露した次第である。もしもそれが取り上げられたならば、数人の大佐中佐、数人の尉官たちが死刑を宣告されるかもしれないが、それが真実である以上は当然であり、また彼らの死によってこの私が救われるとするならば、国家的見地から見て私の生きることの方が数倍有益であることを確信したからである。美辞麗句ばかりで内容の全くない、彼らのいわゆる「精神的」なる言語を吐きながら、内実においては物欲、名誉欲、虚栄心以外のなにものでもなかった軍人たちが、過去においてなしてきたと同様の生活を将来も生き続けてゆくとしても、国家に有益なる事は何事もなしえないことは明白なりと確信するのである。日本の軍人には偉い人もいたであろう。しかし私の見た軍人には誰も偉い人はいなかった。早い話が高等学校の教授ほどの人物すら将軍と呼ばれる人の中にいなかった。監獄にいて何々中将何々少将という人々に幾人も会い、共に生活してきたが、軍服を脱いだ赤裸の彼らは、その言動において実に見聞するに耐ええないものであった。この程度の将軍を戴いていたのでは、日本にいくら科学と物量とがあったとしても、戦勝はとうてい望みえないものであったと思われるほどである。ことに満州事変以後、さらに南方占領後の日本軍人は、毎日利益を追うことを天職とする商人よりも、もっと下劣な根性になり下っていたのである。しかし国民はこれら軍人を非難する前に、かかる軍人の存在を許容しまた養ってきたことを知らねばならない。結局の責任は日本国民全般の知能の程度の低かったことにあるのである。知能程度の低いことは結局歴史の浅いことである。二千六百有余年の歴史があるというかもしれないが、内容の貧弱にして長いばかりが自慢にはならない。近世社会人としての訓練と経験とが少なかったのだといっても今ではもう非国民として軍部からお叱りを受けることはないであろう。私の学校時代の一見叛逆的と見えた生活も、全くこの軍閥的傾向への無批判的追従に対する反撥にほかならなかったのである。」

ここにその片鱗を示しているように職業軍人ないしは軍閥に対する、過去の日本国民ないしは日本文化に対する反省や批判の言葉が、遺書の到るところに長々と書き綴られている。今日の我々から見れば平凡至極に見え、また聞きあきたものと見られるような多くの言葉も、終戦後間もない頃、日本の事情も世界の事情もよくは分からぬ南方の牢獄の中にあって、ただ自己の軍中における生々しい体験を基礎として、血潮のしたたる実感をもって書かれたものとして彼の文章を読むときには、また新たなる感慨に打たれざるをえないものがあるのである。いずれにせよ、彼は右のようにして、能う限りは生き残るための努力を試みたばかりではない。時として、はかない噂さ話をたねにはかない希望をつないでしばしを生きたこともあったのである。彼みずから遺書の中に次のような断片を書いている。「今、はからずもつまらないニュースを聞いた。戦争犯罪者に対する適用条項が削減されて我々に相当な減刑があるだろう、というのである。数日前番兵から、このたび新たに規則が変わって命令を受けてやった兵卒の行動にはなんら罪はないことになったとのニュースを聞いたのと考え合わせて、なにか淡い希望のようなものが湧き上がった。しかしこれらのことは結果から見れば死に至るまでのはかない一つのうたかたに過ぎないと思われるのである。私がとくにこれを書いたのは、人間がいよいよ死に至るまでには、色々の精神的な葛藤をまき起こしてゆくものであることを記しおかんがためである。人間というものは死を覚悟しながらも絶えず生への執着から離れ切れないものである。」

6

彼は葬儀のことなどについては次のように書き残している。「私の葬儀などは簡単にやって下さい。ほんの野辺送りの程度で結構です。盛大はかえって私の気持に反します。墓石は祖母様の横に立てて下さい。私が子供のとき、この新しい祖母様の石碑の次に立てられる新しい墓は果たして誰の墓であろうと考えたことがあるが、この私のそれが立つであろうなどとは想像もしなかった。そこからは遠く吹田の放送局や操車場の広々とした景色が見えましたね。お盆の時、夜おまいりして遠くの花壇で打ち上げられる花火を遠望したことも思い出します。お墓の前の柿の木の果を、今度帰ったら存分に喰ってやりましょう。……私の仏前および墓前には従来の仏花よりもダリヤやチューリップなどの華かな洋花を供えて下さい。これは私の心を象徴するものであり、死後はことにはなやかに明かるくやってゆきたいと思います。美味しい洋菓子もどっさり供えて下さい。私の頭に残っている仏壇はあまりにも静かすぎた。私の仏前はもっと明るい華やかなものでありたい。仏道に反するかもしれないが、仏になる私自身の願うことだからよいでしょう。そして私一個人の希望としては私の死んだ日よりはむしろ私の誕生日である四月九日を仏前で祝ってほしいと思います。私はあくまでも死んだ日を忘れていたい。我々の記憶に残るものはただ私の生まれた日だけであってほしいと思います。」

彼が遺書の中でいくたびかなつかしんで書いている、故郷の村の見晴らしのよい木村家の墓地や、彼が幼年時代によく遊んだという、故郷の部落を見下す美しい桃畑や、近所の小父さんがよく魚を釣っているのを見た桃畑の下の池など——ピチピチと糸にかかって上がってきた鮒の姿をありありと今も思い浮かべることができる、と書いている——生前にいくたびか誘われながら一度も訪ねることのできなかったそれらの風光を、内地留学で京都に滞在している数ヶ月の間に、自分は三回も訪れることができた。そして南方の獄中で彼のしきりに見たがっていたそれらの景色を、彼の代りに見るような気持で、感じ深く眼をみはって眺めた。彼の姿や心がまざまざと自分の心によみがえってくる気がした。ことに彼がなつかしんでやまなかった彼の書斎部屋と書棚とは自分にとって最も感じの深いものであった。最後の訪問のときには、一夜、そして続く日の午前と午後と、いつも時間をものおしみしている自分が我ながら不思議なほどに落ち着いた心で「哲学通論」の余白にぎっしりと書き込まれた彼の言葉を残らず原稿紙に清書していった。彼のいつも愛用していた机の上で、彼の使いのこした原稿用紙に向かってである。彼の父親が恐縮して、娘に書かせましょうというのを辞退して、彼と会って話をする気持だからといいながら一人で全部を写し取った。かつては先生々々と自分を呼んでくれていた若き彼が、今は人生の大先達として自分の前に立っているかのように感じた。この時に自分の写し取った彼の遺書を読み返しながら、いま自分はこの一文を草したのである。いく年か前の彼は、時々彼のいわゆる「先生の不遇」なる言葉をもって自分をあわれんでくれたものである。生徒にそういう感じを与えるほどに自分は不遇顔をしていたのであろうかと恥しく覚える。だが彼の愛情はありがたく受け取らなくてはならないのである。彼はある時「先生から頂いた手紙なども全部保存してあるから、いつかきっと先生のことを書きます」といっていた。その全く逆のことが思いもかけない形でいま出現してきて、自分の方がこういう一文を草さねばならない羽目となった。彼は「先生の行くところならどんな田舎でもついて行きます」とよくいっていた。もし彼が生きていたら、同じ学校に、同僚としてまた人生の友として、いつまでも一緒に勉強してゆくことができるようになったかもしれない。彼の成長を唯一の生甲斐として、彼の教育に対しては特別の骨折を惜しまなかった彼の両親や、戦争中もなにか断物（たちもの）をして兄の帰りを待っていたという兄思いの彼の妹を訪ねて、あのように喜ばれ歓迎されたのも、全く彼自身がそれらの人々を通して喜び、それらの人々を動かして歓待してくれているように感じられた。京都にいる数ヶ月の間、あらかじめ覚悟していった食物の不足などにも少しも苦しむことがなかったのも、彼の一家の親切な後援のたまものであり、これはまた死後までも自分に運んでくれた彼の愛情の賜物にほかならなかった。しばらくのちに自分によこした彼の父親の手紙も同じような感じを物語っていた。

「彼は死に臨んで恩師に対する思慕を死後まで持ち続けてゆくといい、いつまでも父母や妹を見守っていると申し遺しました。私共はこの頃になりまして彼が今もなお明らかに私共の心中に身辺に現存して活きていることに気づきました。それはかつての欠点の多かった彼ではなくすべてが美しく貴くなった彼であります。実に朝目覚めて夜眠るまで私共は彼と共に暮らし彼と共に考え彼と共に行動していることを知りました。今まで死灰のように寂しかった心の中にわずかながらも明るさと賑かさとを感じて参りました。先生を迎えて泣いた私共は実は久夫であり、京都の御下宿までいつもいそいそと御使いに参った妹は実は久夫でありました。云々」

最後に、彼の遺書の中に散在して現われている和歌を二、三拾い上げることにしよう。彼はもちろん専門の歌人ではないのみならず平素から心がけて和歌をよんでいた人間でもない。少しでもその道の心得のある人々から見れば、かえって彼の生活と実感との価値を傷つけるような技術的欠陥の印象が強烈にくるのではないか、という懼れをもつのであるが、あえてその若干を書き抜いておくことにしよう。最後の二首は死の前夜のものである。

みんなみの露と消えゆくいのちもて朝かゆすする心かなしも

朝かゆをすすりつつ思ふ故郷の父よ嘆くな母よ許せよ

遠国（とおくに）に消ゆる生命の淋しさにまして嘆かる父母のこと

指をかみ涙流して遙かなる父母に祈りぬさらばさらばと

眼を閉じて母を偲（おも）へば幼な日の懐（いと）し面影消ゆるときなし

音もなく我より去りしものなれど書きて偲びぬ明日（あす）といふ字を

かすかにも風な吹き来そ沈みたる心の塵の立つぞ悲しき

悲しみも涙も怒りもつき果てしこのわびしさを持ちて死なまし

明日という日もなき生命抱きつつ文よむ心つくることなし

をののきも悲しみもなし絞首台母の笑顔をいだきてゆかむ

風もなぎ雨もやみたりさわやかに朝日を浴びて明日（あす）は出でまし

（四八・五・四）

虚無について

1

この巨大で困難な題目と本格的に取組むためには、広くて深い思想的識見と、虚無に関する自分自身の徹底した体験とを必要とするであろう。明かに自分はそのいずれをも欠いている。自分のふれ得るところは問題が極めて局限された一面にすぎないであろう。また自分は、特殊な思想家のもちものである高名の虚無主義についてよりも、むしろ一般民衆と縁の近い、殊にいま青年たちの驚くほど多くの者の心を吹き荒している虚無的感情について、より多く語ることになるであろう。旅にいて急にこの一文を草することになったために必要な書物もたずに引用すべきものを正確に引用することもできないで、さなきだに粗大な自分の文章は一層粗大なものとなるであろう。ただ自分は、自分の周囲の限られた範囲内だけを見ても、表面には出ないでいるが自殺を企てて未遂におわった青年や絶えず自殺を思って生きてる青年たちの想像以上に多いことに驚いているものである。結局は自殺しないでおわるものが多いのであるが、少なくとも彼等の心情は相当長期にわたって虚無の嵐に吹き荒されて、味気ない去勢された生活を生きているのである。粗雑なこの一文が、こういう種類の青年たちや、また絶えず愛する息子の自殺を恐れて暮さねばならない不幸な親たちに対して、問題がごく一面に関してではあるが、こういう考え方もあり得るということを示し得て、もしもほんの少しでも心機一転の助けになることがあるとしたら、望外の喜びといわねばならないのである。

2

特殊の天才者や志士仁人は別として、我々一般の民衆においては、虚無的感情は、高遠な認識論的本体論的な懐疑や深遠な道徳哲学上の思索などによって惹き起されるものではなくて、極めて平凡な簡単な具体的な事実によって惹起されることが多いように思われる。そして我々は我われの虚無的感情がそういう簡単な事実から起っているということを、はっきりと自覚することが必要である。そうでない限りはいつまでも解決のみちはつかない。筆者自身が青年時代から相当長期にわたって味わってきた、自分はこの世に生きて甲斐のないものであるという空虚感と、自分の一切の営みを無意味と感じずにはいられなかった、あのたえがたい去勢されたものの感じも、要するに、人間には生れながらに承服し難い能力の不平等が存在しているという事実、もっと端的にいえば自分は頭が悪く生れついたので何一つ価値ある仕事は出来ないという絶望と、深く執着した女性に愛してもらうことができないという簡単な事実、自分はいつまで生きていても人生最大の快楽は得られないのだという絶望、要するにこれだけの簡単な、どこにでもころがっている平凡な事実から起ってきたのであった。しかしながら自己を虚無的ならしめたその原因をはっきりと自覚してこれと当面する、ということを避けている間は、他の方面でどのように高遠な議論を闘わせようとも、どのように人生と社会とに対して猛烈な抗議を申込もうとも、解決の端緒をつかみ得るはずはないのである。しかしながら人間は実に虚栄的なものであって、自殺したいほどに虚無的になっているものがなお最後まで、理不尽な虚栄心につきまとわれているものである。また虚栄心の反面に常につきまとっている卑怯さとおっくうがりとのために、当の敵を敵として認めることを、またこれにひたと当面することを、あくまで逃避しようとし勝ちなものである。自殺未遂の或る学生が、自分と会って話をしたら或いは気が変るかも知れないという万一の僥倖をたのみにして自分を訪ねて来て、一夜寝床を並べて話し明したことがある。最初は道徳哲学に関する色々の疑問を提出し自分の講義に対しても色々の反駁を行ないなかなか鋭敏に細かに頭の働く学生であることに感心したのであるが、幾時間も話し合っているうちに自殺したくなる原因は決してそういうところにあるのではないことが明白にわかってきた。彼の真の悩みは次のような事実にあるらしいのである。学校の授業が面白くなくて実に我慢できない、といって学業を軽くあしらって落第しない程度に要領よくやっていき、自分の好む他の問題に没頭し得るというほどの逞しい能力はもたない、学校にいる間に落第しかねないほどの能力では卒業後困難な社会情勢の中に処して自己の道を切開いていけるかどうかも危まれる、もちろん、平気で落第を続けていき結局学校をよさなくてはならなくなったら、いつでも社会に出て肉体労働でも何でもして生きてゆく、というだけの腰をすえた度胸もないしまたそうする興味もない、とはいいながらやはり厭な学業に相当のエネルギーを注いでゆくことはいかにも大儀で面白くない、というところにあるらしいのである。要するに自分の生活に何一つ面白いことがない、面白くなる見込もないという圧倒的な感じなのである。そしてこれに対して彼の性格は、面白くない講義に対する弾劾というような外的社会的な反応を示さないで、むしろ自己の能力に対する失望という内的否定的な動きを示しているのである。しかしながら、彼に自殺を思わせた真実の原因であるところのこの問題に直接に当面させようとすると、彼は激痛の表情を示して、実に大儀がるのである。自分の自殺は落第を恐れるというような、そのように些末な恥ずべき事実によるものではない、もっと厳粛な壮大な人生の問題、例えば生きることの目的と意義というような根本問題とつながっているのである、と見えをはりたいのである。したがって彼においては、真実の問題に対する真実の対策は何一つ講じられてはいないのである。例えば、自己の能力に対する失望が果して正しいかどうか、自己の能力に対する判定が果して実践的な勉強の努力を通して実証的に動きのとれないものとして確定されているのかどうか（例えばただの一時間でも辞書を引いたり教科書を読んだりすることに真に没頭してみたことがあるかどうか）、さらにまた自己の能力の低劣であることは明確であると仮定しても、その場合に果して虚無的心情に陥るほかに手のないものかどうか、その失望をどのように受取ることができるか、落第の恐怖に対してどのような心構えを鍛錬することができるかなどというような真実の敵に向っての具体的な戦いと実践とは少しもなされていないのである。人間は自己の不幸や悲劇ですらも深刻な壮大なものでなくてはならないことを固執し、自己の悲しみが他人から見て滑稽に見えるということ、およそ自分がこの世の滑稽な存在にすぎぬということを一番たまらなく思うものであるらしい。どんなに些末に恥じがましく見える問題でも自分自身の問題に当面することこそ常に最も厳粛で困難な戦いであることには案外に気づかないものと見えるのである。右の学生の問題にしても決して、些末でも恥ずべきものでもなくて命がけで戦うに値する大敵なのであり、これを克服すれば彼の人間としての高さと豊富さとは著しく増大するに相違ないし、また彼にとって厳粛にして壮大な人生の問題と見えるものへ著しい接近があり得るに相違ないのである。このことを充分に実感し得るようになるためには、どのように卑小な悩みでも、自分一個人のものとしてそれを受取らないで人間共通の悩みとして、人間の名においてそれを受取り人類の代表者としてそれを受取る、という心の習慣をつけることも有効な一つの方法であろう。頭が悪くて油断すれば落第の危険がある、というような苦しみを恥じて蔽いかくす必要がどこにあるであろう。多かれ少なかれ頭の悪いことの悩みは一切の人間に共通の悩みであり、むしろ理想の高い、また他人の偉大さを敏感に感受し得る人間にはいよいよ痛切にあるはずの悩みなのである。これを恥じる心こそ恥ずべきであって、問題そのものにはなんらの恥も存在しないのである。

3

青年ニヒリストたちの多くに共通の一つの特徴は、彼等のもっている一種の不満の不遜さである。いかに頭がよく感受性が鋭敏であっても、何といってもまだ年若く極めて限られた人生経験しか持っていないにかかわらず、いかにも自らが人生の諸相と奥底とを知りつくした者であるかのような牢固たる確信をもち、要するにこの世には生きるに値するものがあるはずがない、という結論を大威張りで下しうる資格をもっているかのような、己惚れと、不遜さとをもっているということである。この一ヶ月余り前にも自分の学校に一生徒の自殺事件が起ったが、その数日前に彼の数少ない友人達の二三がふとしたことで彼の自殺の計画を知り、その中の一人、Hという平素からその人間をも学才をも自分の愛している学生が自分のところに相談に来たので、自分はどうかして決行前に一度だけ彼に会いたいと念願したが、ついに会うことが出来なかった。彼の所在を容易につきとめることが出来ないということが、会えなかったことの主な原因ではあったが、もしもHの心に是非自分に会わせたいという熱意がもっと熾烈であったら、何とかして自分のところに引張ってくる機会はあったように思われるのである。自分は自殺した学生にも大きな不遜さがあったが、Hの心にも大きな不遜さがあると思った。事後報告に来たHに向って、「平素教場でつまらぬ講義をしている教師だというので、会わせて見てもどうせ無駄だろうと自分を見くびったか。自分のごときものでも今死のうとしている若者を目の前に対坐してみたら、平素の自分からは予想もつかぬような力が湧いて来るかも知れないではないか。お前には余りに大人の力を、また人生の可能性を見くびりすぎる不遜さがあるぞ」と引込み思案の自分にはめずらしく啖呵（たんか）を切って彼をあっけにとらせた。自殺した学生は早く両親を失い極めて冷淡な兄夫婦と共にすみ、特に親密な友人も異性もなく、自己の能力に対する失望（彼自身の相当に高い標準よりするところの）もあったようであるが、要するに余りにも冷たいその環境が主な原因であったように思われる。人に愛された憶えが一度もなく、自らもほんのちょっぴりと人を愛したことの経験もないために、つまり、人生にあり得る簡単な平凡な一つの感情を自ら味わい知っていないために、この人生を実に索莫たる生きるに値しない世界と決着して虚無的となり、ついに自殺にまでいった、という極めてありふれた場合の一つであったように思われる。少し勉強さえすれば悠々としてクラスの上位を占め得るだけの能力をもち、完全に自殺し得るためには薬品の飲み方やその他に対して実に周到な注意をしなければならなかったほどの頑健な肉体の持主であった彼が、自己の年若い生活経験を余りにも万能的決定的と思いすぎた不遜さのために、惜しむべき若い命を我と自ら投げ棄てることに急いだのである。かりに自分が彼に会うことが出来たとしても必ず彼の自殺を引とめ得る力があったと己惚れるわけにはいかないが、何だか打開の道があり得たような気がして残念でならない。とにかく一言だけでも彼に、人生に見切りをつけることは、彼の狭隘な生活経験をもってしてはなお不遜であるという一事を抗議したかったと思う。今少し忍んで生きてさえいれば、人間のだれでもが経験し得るはずのほんの小さな愛情の経験ですら、彼の生活感情を一変したかも知れないのである。例えば父親としてのほんの小さな経験だけでも、もしも彼が如実にそれを実感することが出来たら、この世界をまるで別様に見せたかも知れないのである。彼に対して父親になるまで待て、ということは、危篤の病人に対して暫く危篤状態を待て、と言うのに似たナンセンスであろう。しかしながら、人間だれでもの持ち得る小さな経験だけでも彼の生活感情を一変し得る可能性があるという事実を、何とかしてほのめかすことに努めて、彼の不遜な断定に反省を促したかったのであった。

丁度その頃自分は生れて初めての不健康を経験していて、人から見れば神経過敏と見えたかも知れないが、自分の主観では今年中の命も保障できないかのような意識をもっていた。学校で辛うじて授業を行なう時間の他はほとんどすべての時間を横臥安静（おうがあんせい）の時間としていなくてはならなかった。そういう或る日の夕方、わずかの時間の訪問客との面接に疲れ果ててそのままぶっ倒れていたいほどに思うのを、今夜は一緒に螢狩りにゆくと約束した小さい子供たちに失望させたくないばかりに、ほうきをかついで近所の田圃（たんぼ）の中の小川のあたりまで出かけた。一足一足が気味悪く頭にひびいて不安極まる気分なのである。そして暗やみの中で長男と次男とが口々に「お父さんは？」「お父さんはどこ？」などと言い交しているのを聞いたとき、子供たちが大きくなるまでただそれだけのためにでも自分は生きていたいと痛切に思った。たまたまその数日後に二歳半になったばかりの次男が朝から午後にかけて六時間余り行方不明となった。炎天の下を自分の不健康も打忘れてかけずり歩き、だらしなく汗と涙とを流したのちに、ようやく、疲れ果ててはいるが無事であった次男を抱き上げることが出来たとき、この若い命が助かったからにはここまで生きてきた自分の如きものの死ぬことなどは物の数でもないということを沁々と感じた。身を鴻毛のように軽んじ得るという気持をまざまざと知ることが出来た。それにつけても、このように醜いものに満ち、またはかなさの限りでもあるこの人生に、生きていたいと熱望させるものも愛であれば、否定的な気分ではなしにいつでも喜んで死んでいけると思わせるものも愛であることを思えば、愛というものはつくづく不思議なものと思わずにいられなかった。まだ一度も愛したことのない、それ故に人生を論ずるにも人生の価値を判定するにも重要な実感的な材料を欠いている若い者たちに、この一瞬の心情だけをでも移入してやる方法はないものであろうか、としみじみ思った。丁度こういう経験を味わったばかりの時に、あの学生の自殺が行なわれたので自分はいよいよ残念に思ったのであった。

自分の乏しい経験の示すところでは、青年ニヒリストたちの議論を正面から論破するためには複雑な手続きが必要であるし、またかりにそれが成功しても余り役に立たないと思われることが多い。むしろからめ手から、なぜと疑う余地のないほどに生甲斐を感じさせるような生活経験の実感の存在していることを、その実感をそのままに移入してやることは不可能であるにしても、少しでも彷彿とさせてやるように努力することの方が有効であると思う。先日も病床にいる自分を或る学生が訪ねてきてぜひちょっとでも会いたいというので「では三十分だけ」と限定して会うことにしたら、彼が自分の枕元に来て坐るや否やいい出した言葉は「先生、人間はそれぞれに生きようとする衝動はもっているけれど、生きるべき権利はもっていないでしょう」というのである。そういう問題について共産主義者である一人のクラスメートと何時間も議論してきたあとらしいのである。この学生もかつて自殺を企てたことがあって、今後自殺したくなったときにはとにかく一度だけは必ず自分をたずねて来てそのあとで決行すること、という約束を交してあった若者である。大分思いつめた顔付をして来たところを見ると、また大分そういう気分になったところかと思われた。だがこういう鳩合に、生きるべき権利があるか否かをいかにやかましく議論することよりも、生きるべき権利がたとい存在しないとしても、否、存在しないならなおさらのこと、感謝して生きざるを得ないようなものが人生には存在すること、それを経験せずに生を否定することは無知な者の不遜であることを、力の限り力説することの方が有効であると思われるのである。三十分ののちには彼は、もう一度考え直してみますといって帰って行った。

青年ニヒリストたちの不遜さは、さらに次のような面においても現われている。彼等は未だ充分に人生の苦痛に徹底しないところがある、などといったら、彼等は憤慨することであろう。よい加減に人生の悪と不潔と不合理とに対して妥協し得ないからこそ虚無主義者になるのだ、というであろう。自分自身も若い時から相当に長い間虚無的感情にさらされてきて、そのあじきなさは相当に味わってきているつもりであり、虚無的感情の中にあるときには、一切の努力が無意味に見え、一切の動機が内から去勢せられてくるので、虚無的感情をどうにか始末しようという意欲自体が起ってこないということ、どうにか立直ろうとする意欲が出てきて過去の浪費を悲しむのは、すでに一時的にもせよ虚無的感情の立ち去ったのちのことである。というような矛盾と難境とに泣いた覚えもいやというほどもっているのである。それにもかかわらずなお自分は、青年ニヒリストたちの多くは苦痛に徹せず中途半ぱにおわっているためにいつまでもニヒリズムを脱却し得ないのだ、といわざるを得ないのである。ニヒリストたちの方が、激しく苦しんでしかもニヒリストとはならなかった人々よりも、より多く苦しみ、より徹底的に苦しんだ人々であるとは決していい得ない。虚無の中にあって心身共に沮喪していながら、なお我々は、最後の関頭に立ってさらに陣頭に馬を進めんとする無条件的な勇気を振い起さねばならない。虚無のときには虚無に徹し切ってみよう、虚無の中にありながら、その虚無を諦視するギロリとした一つの眼のみは最後まで失うまい、という無条件的な勇気を振い起さねばならない。この一念こそ大切である。自分を救って次第に生き返らせてくれたものは、要するにこの一念であったように思われる。虚無もそれをじっと受取りそれに没入していれば、酒や女やその他のものをもって紛らそうとせずにじっとそれに当面していれば、単なる虚無だけではないものが必ず出てくると思う。真に苦しみに徹するならば少なくとも苦痛の厳粛性を感得せざるを得ないはずである。自分は実に宗教的性格とは縁の遠い人間であるが、どこかの一面にローマン的性格とでもいうぺきものがあって、この世の事件の一切が夢幻のごとくに見え実なる世界のごとくには見えない、というような癖があった。また自分を根柢から震撼して、この世の厳乎たる存在を自覚させてくれるような、大きな喜びをひとたびも味わったことがなかった。

しかしながら、他の一切がとりとめもない、はかない夢幻のごときものであろうとも、これほどにきびしい苦痛のあることを思えば、人生が真剣な厳粛な限りなく深刻なところであるということは、疑い得ないように思われた。一切が空であろうとも、苦痛のみは恐るべき現実であると思わずにいられなかった。人生を不真面目に取扱ったり、どうでもよいものとして抛棄してよいものとは到底考えられなかった。こういう苦痛のあるところから一刻も早く逃れたいと思うよりは、これに打克たなければ、少なくともこれをどうにか処置しなければ、死に切れないと思う心持の方が強かった。

一般に青年ニヒリストたちはまだ勇気が足りないのではないか。あらゆる人間が利己的であることを醜く思い生きるに値せぬ世界と思うならば、また神も仏もないと思うならば、せめて自分一人でも利他的になりたいと思い、自分の心の一角にでも理想的な慈悲心の一断片を宿さずにはおかない、という勇気をもたねばならない。社会が救い難く腐敗してしかもそれを救うに途がないとさえ思われるならば、自分たち少数者の一角にでも、理想社会の雛形を建設して死にたいと思わねばならない。自己を虚無的ならしめる原因がこの人生に固有のものであり人間性に宿命的のものであると思うならば、求道の一途に邁進しようとする燃ゆる熱意をゆり起さねばならない。自己を虚無的ならしめる原因が社会組織と社会生活との不合理の中にあると思うならば、社会改革のために一身をなげうとうとする燃ゆる熱意をゆり起さねばならない。今日のわが国の社会状態が、青年たちの天分をすくすくと伸ばし得る機会や、人間として当然に希望してよい様々な喜びの機会を奪うことによって、青年の多くを虚無的心情に導く巨大な外的原因をなしていることは何びとも否定しないところである。青年たちはだからといっていつまでも単なる虚無的感情に止まって、求道の方向にも社会改革の方向にも（両者を一人のうちに両立せしめることも可能である）情熱を示さないでよい、というわけはないのである。青年ニヒリストたちは、少なくとも自分たちの勇気はなお足りない、人間としてつくすべきをつくそうとしていない不足があるという自覚と謙虚さとだけは失ってはならない。不遜であるということはいかなる場合にも人間を正道から遠ざける最大の障害物の一つである。人生を否定することが自分たちの手柄であるかのように思ってはならない。

4

青年ニヒリストたちの多くが、人生になぜと理窟をいわないで美しさを認めしめ生甲斐を実感させてくれるような感情を経験していないこと、殊に愛の経験において著しく欠けているように見えることは、すでにふれた通りである。したがって彼等の多くが机上の人生論を展開するときに、その議論のもっている共通の特徴の一つは、ほんの少しでも愛の心をもち得た人ならば到底混線するはずのないような、愛の性格についての初歩的知識をもはっきりと把握していないことが多い、ということである。それは今自分がここで新しくそれを指摘することさえ大人気ないと感ずるような誤解なのだが、しかしO・ワイニンガーのような天才的青年でさえ同様の誤りに陥っていることを思えば、これはいかに頭がよくても本当の愛を経験していない青年にはいつのまにか迷い込み易い迷路なのであろうと思われる。例えば、親の子に対する愛のような、相手の賢愚善悪を問わない無条件的な没価値的な愛は、人間の進化の方向に逆行するところのいやしむべきものである、と考えたり、母性愛などというものは下等動物もこれを持っている本能的なものであって、道徳的当為や努力とはかかわりのない衝動的作用であるから何ら尊ぶに足りないものである、というような考え方は、多くの青年ニヒリストたちが意識的に或いは無意識的に懐抱している共通の考え方であるように思われる。しかしながら相手の価値いかんを問わない没価値的な愛こそがそれ自体最も価値の高いものであること、これを抜きにしたいかなる進化も結局人間にとって真に生きるには値しないものであること、これなしには人間の一切の能力の伸長も社会生活の一切の合理化も真実の幸福の核心を欠くであろうこと、それ故に没価値的な愛の実現こそ進化の絶頂に位するものともいうべきであり、こういう愛を実現するための努力こそ最高の向上心に属するものであること、などはほんの少しでも愛の経験を自らもち得た者にとっては自明の事実なのである。才能豊かな内村鑑三がアメリカにいて低能児たちの教育に従ったということは単なる算術的功利計算からすれば価値の高いものが価値の低いものの犠牲となったことであって浪費であり進化に反することであると見えるかも知れぬ。しかしながら内村鑑三の愛する心の内では、この実践のうちに無上の価値の含まれていること、これなしには人の世がかりに天才と美女とをもって充満するようになっても要するに最高の生甲斐は感じられないであろうこと、を実感していたに違いないのである。また没価値的な愛は、それ自体が無上の価値であるのみならず、自他一切の人間の価値を引上げる作用を営むという点においては没価値的であるどころではなくて、実に徹底的に価値関係的であるということもまた、真実に無私の愛をもつものにとっては自明の事実である。無私の愛をもつものは何よりも先ず彼自身の能力を増大せしめる。なぜならば、無私の愛をもつもののみが対者の真実の要求と実力と人格成長の程度とを、またそのどこに偽善があり詐欺があるかというようなことをも、如実に見抜く人間知の能力を獲得するからである。社会情勢の判断についても国家の真の利益の判断についても彼のみが欲の目つぶしによって妨げられることがないのである。また彼のみが最も大胆に自己一身の利害をも他人のおもわくをもかえりみることなく、社会正義に殉じ得る行動能力を獲得するのである。また、無私の愛はその対象たる一切の人々を限りない向上の途に駆り立てようとするものである。相手の顔色を窺(うかが)うことなく、中途に停止せしめることなく、かりに前途にいかなるいばらの道が横たわっていても、愛するものを人格完成の最高の目標に向って駆り立てずにはいないのである。故に無私の愛こそ、その対象の現実の価値に対して徹底的に没価値的でありながら、対象を引上げんとする作用に関しては限りなく価値伸長的なのである。そして無私の愛が引伸そうとする人格的諸能力の中でその中核をなすものは、無私の愛の能力そのものであることはいうまでもないのである。

　青年は多く言葉の魔術にかかり易いように思われるが、「本能」という極めて一般的な用語もまたその一つである。本能の名をもって呼ばれる習慣の或るものに対しては、理由なしにその価値を貶下しようとする傾向がある。母親の愛は本能であってなんらの努力もなしにそうせずにいられない作用であるから尊ぶに足りないという。しかしながら、本能であってもなくても、事実上没価値的な無条件的な愛が、その中にはたらいているならば、それはその限りにおいて価値があるのである。努力して、苦痛を忍んで、ようやく無私の愛をはたらかせ得るというのではなくて、自ら進んで喜んで愛し得る場合には、その愛はいよいよ有難く、また讃美に値するものであるに相違ないのである。何びとでも実生活においてはそういう愛を受けることをこそ喜ぶに相違ないのである。我々の道徳的精進の目標はいつまでも努力し苦吟したのちに善い行為をなし得るというところにはなくて、心の欲するところに従って矩（のり）をこえない境地に至ることこそ、それであることは明白である。いわんや現実の母の愛は、進んで喜んで愛するとはいいながら、いかに多くの忍苦と涙とまた様々の理知的考慮とがそれに伴っているかを見れば、簡単に本能なるが故に尊からずなどとはいえた義理ではないのである。ただし日本の青年男女の多くのものが、親たちの愛情に対してしばしば懐疑的になるということは、日本人は特に子供を可愛がる民族であるという一般の通念に反して、日本には実に利己的な親たちが多く、職業の選択や結婚のような子供たちの運命の中核を形作る事項に関しても自分達の我ままを通そうとする親たちが多いという事実が、一つの重大な原因をなしているのであって、この点は日本の親たちの深く反省せねばならないところである。

5

次にこれもまた極めて平凡な公式的な一つのことを述べるのであるが、虚無的な青年の多くのものに見られる一つの特徴は、自己自身の利己性についての徹底的な反省がなく、中途半ぱなところで自己の誠意を誇り、自己の純潔を誇っているということである。この人生には感激すべきものや感謝すべきものが到るところにひそみ、また現われているということについて、彼等の感受性が欠けているという事実は、ここに一つの原因をもつと思われるのである。彼等はおそらく周囲の一切の人々についてのみならず自己自身についてさえ救い難き醜悪と利己性とを認める故にいよいよ虚無的になるのだ、というかも知れないが、真実に徹底的に自己の利己性の救い難いことを徹見し、しかもこれを誰でものもっている既定の人間性として簡単に承服することが出来ず、なんらかの意味でこれをくつがえそうと力めずにはいられない熱意をもっているものは、人生の色々の断面にひめられているわずかの美や恩恵に対してもかえって感激の念をもち易いものであるということが、否定しえない事実であると思われる。虚無的な青年のみに限らず一般に青年たちに共通の一つの傾向として、人間性の悪を摘出し人間の利己性を深く穿つ種類の思索をのみ深刻であると思い、人間の中には単なる利己心の変形には止まらないところの利他心の独立の芽生えがあるなどというと、せせら笑うのが常である。そのくせ真実に自己の利己性を徹見して事細かに実際的体験に即して分析し反省しているかといえば必ずしもそうではない。真実に自己の利己性を徹見するならば、自己の上にどのような苦痛と不幸とが課せられても文句はいえないと感ずるものであり、さらに進んで、起ってくる一切の事件のうちに自己をむち打ち育てようとする慈悲という鞭の力の潜んでいることを感得し易くなるものである。普通の意味の自己中心主義とは全く異なるものであるが、五劫思惟の誓願はひとえに親鸞一人がためだという言葉があるように、もしも我々が人生の最高目的を確固として把持し、真実の幸福は人格完成にあって単なる快楽や安易のうちにはないということを忘れずにいさえすれば、人生と社会とのありとあらゆる事件はひとえに自己を育て上げるためにのみあるものであり、この意味において自己は世界の中心であるということを自覚するようになるであろう。しかしながら、いうまでもなく、ありとあらゆる事件というからには、一切の社会悪に対する認識と、それに対する自己の義務的な立場というものをも含めてのことである。社会生活のうちにほんのかけらほどの不今理でも残っているうちはそれは即ち自己一身の責任に帰する事項である、という空想でも聖者気取りでもない、事実に即した認識をも含めてのことである。一般に我々は利己的であるくせに、求道的な意味における自己中心主義に徹底することが少ない。だが自己が世界の中心であり、起ってくることのすべてがよい、という意識は、自己自身についてのみいい得ることであり、ないしは他人の自我に乗移って完全な無私の愛をもって他人の心構えをさとす時にのみいい得ることであって、一般に他人の境遇や不幸について起ってくること一切がよいなどというなら、これはまさしく悪魔の声といわねばならない。J・S・ミルはかつて、すべての人が自分自身について意志自由の説を奉じて厳格な自己反省を行ない、他人については意志決定説を奉じてどんな過失にも寛大になるということが出来ればどんなによかろうと考え、この論理的矛盾を解決するために苦しみ考えたことがあった。このミルの言葉をもじっていえば、我々は自己一身についてのは真実の意味において（人格完成のために、したがってまた真実の幸福のために）起ってくる一切が良いことなのであると考え、他の一切の人々のためには寸毫の不公平も不正義も看過してはならないと考えるようにならねばならないのである。この二つの考え方の微妙な関係は、宗教と社会改革との関係というより巨大な問題の一部をなすものであって、この問題について委曲をつくした一文を草し得るようになりたいということは、自分の子供らしい野心の一つである。

いずれにせよ、多くの青年ニヒリストたちは、自己の利己性に徹見しないために、かえって人生の到るところの断面に露呈せられている感激のたねを拾い上げることが出来ないように思われる。自分は時として人生教科書の一つとして文学作品を読むことがあるが、その文学的な価値については一言も述べる資格をもたないにかかわらず、文学の士の人となりの美しさや正直さには打たれることが多い。例えば上林暁氏の私小説に現われている無類の正直さなどは、自分のようにしゃべることも書くことも多くの場合に単なるきれいごとにおわる危険をもっている者から見ると、及び難い美質として感じられるのである。また太宰治氏の人柄の美しさややさしさは、一面識もない、また氏の作品を熟読したこともない自分のようなものにも、なんとなく感じられるのである。しかしながら、作品の中に出てくる人物の人生観を問題にすることになると、必ずしも同じ得ないことも少なくないのである。例えば大宰氏の或る戯曲の中で思い切り人と社会との醜さにふれてニヒリスティックになったインテリの娘の心理が描かれているのを読んだことがある。傷ついた彼女は田舎に帰ってきて久しぶりに彼女の義母のこまやかな愛情に接すると、よみがえったようになり、人生を見直すようになるが、やがてその義母の犯した貞操上の過ちを知るとまたたちまちに幻滅して一切の信頼と感激とを失うようになる。だが自分ならば、そこに現われている義母のあたたかい愛情とこまやかな義理人情とを見ただけでも、みにくいこの人生の荒野にまれに咲き出たかぐわしい一輪の花に接する思いになるのである。娘を失望させた、彼女の犯した貞操上の過失の中にすら、彼女の人間らしさ女らしさを汲みとることが出来るような気がする。自分ならば、彼女一人の人間像を見ただけでこの世に生きるに値するところだと思いたいぐらいなのである。人間の見方、点のつけ方が自分はよほど甘く出来ているのであろうか。だが自分には依然として、真に人を愛そうとして少しでも努力してみたものは、そしてそれを不可能にする人生の障害のいかに多く、人の力のいかに弱いかを痛感したものは、ふと咲き出でたささやかな一輪の花の美しさにも感激せざるを得なくなるのではないか、と思われてならないのである。

しばらく前に世評に上ったフランスの映画にそれぞれ特異の個性をもった三人の老いた俳優の養老院における生活を描いたものがあった。これを見た或る青年は余りに悲惨で見るにたえないと自分に話した。大人の知人の一人も、あれを見て老年が恐ろしくなり沁々と人生の虚無を感じたなどといった。自分は映画批評などには全然無能力のものであるが、自分の経験した子供らしい事実を正直に語るなら、自分はあの映画を見てむしろよく生きようとすることの感激を汲み取り、老年に対する豊かな期待をくみとったといってもよいのである。もちろん今日の養老院制度そのものの物的基礎やそれを貫いている精神などにおかしいもののあること、そのために養老院に入れられた人々の晩年に色々の寂しさや苦痛がもたらされること、社会そのものの動揺につれて養老院の存在も根柢から動揺しそこに生活する人々の生活も極度の不安に当面すること、などはいうまでもない事実である。およそ老年や病気や死などを単なる自然現象としてのみ見て社会現象としての面を見ないことや、また深刻な哲学的思索の対象としてのみ見て社会改革的思索の対象としては見ないことの不充分なことは、自明ともいうべき事柄である。天寿を全うして相当に長い年月を生きることができ、この世の様々の幸福をも一通り味わって生きることが出来たら、多くの人々が余りしつこくより多くの生を貪ることなしに、割合に淡泊にこの世を去ってゆくことも出来るようになるであろう。死にまつわる色々の忌わしい連想も人間の与えるよい設備の力で充分に除去することが出来るであろう。自分の絶えず痛感して来たことであるが、これまでの日本の荒涼索莫たる焼場の光景などがいかに死を不当にミゼラブルに感ぜしめたことであろう。ベーベルは、社会主義社会が何よりも老人を最も大切にするところであることを説き、社会は老人に対する恩恵としてでなく、彼等の社会奉仕の生涯に対する報恩の意識をもって、この世の最も良いものをもって彼等の晩年を飾り、青年たちにもまの当りこれを見せておき、老年を恐れるよりもむしろ楽しんで待たしめるようにする、といっているが、今日の社会においてすべての人々が若い時から現在を生きるということを知らず、ひたすら老年を恐れ老年のために生きている状態を見せつけられているとき、また少数の富豪たちですら、その老年は自己の死を待つ子弟親族たちに取囲まれて決して幸福ではない事実を見せつけられるときに、社会制度の合理的な改革ということだけで、平凡な大多数の民衆がなんらの特別の能力も信頼も予定することなしにいかに輝かしい幸福を克ち得るものであるかをまざまざと想見することが出来るのである。右のフランス映画がこの種の社会問題を示唆する面をもっていたことはいうまでもない。しかしながら我われはやはり、いかなる社会においても不可避な老年というものの運命自体を、諦視するということをも、依然として欠くことが出来ない。そして右の映画は少なくとも、人間の老年というもののはかなさ、頼りなさ、寂しさ、空虚さを感じさせるに止まるものではなかったと思う。すべての人々がなんらかの形の老年を経験しなくてはならないのであるが、どんな形の老年といえども、それが必然的に悲惨でなくてはならないと決っているものは一つもなく、その受取り方さえよければまた少なくとも各自が真剣に道を求めて最後まで生きてさえいれば、いずれもが輝かしい老年であり得るということをこの映画はまざまざと感得させてくれたような気がするのである。俳優たる才能を欠いているにもかかわらず最後まで俳優たることに偉大な憧れと情熱とをもち続けて死んだ一人の老人の姿は、下手の横好きという言葉で連想されるような様々の滑稽と悲惨とを我々の前に見せつけているように見えるが、真に真面目に真剣に生きようとしている者の眼には才能乏しいものがそれにも屈せずに高い目的を一すじに追って生涯を終るまで変らないということの無比な美しさを、また人間にとって真に感激に値し、讃嘆の頭をたれるに値するものは、その才能のいかんではなくてむしろその志のいかんにあり情熱のいかんにあるという事実をまざまざと感得させてくれたのではあるまいか。また真に抜群の才能をもちまた自己の芸術的良心に忠実であって俗衆にこびることを知らなかった故に最後までいわゆる成功というものをもつことが出来ず晩年を養老院に送らなくてはならなくなった、という老いた俳優の姿も実に輝かしい人間像であって、通俗の眼に彼の晩年の寂寥および不幸として映ずるものはむしろ彼の実力的な良心的な生涯に最後の冠を飾ったものとさえいい得るのではあるまいか。もちろんこのような見方は、優れた俳優の実力を認めることが出来ず彼の晩年を不遇ならしめるような社会の文化的水準の低劣さを認めること、そしてこれを改善することの急務なることを認めること、と少しも矛盾しないのである。彼の生涯に接して、真の向上心ある人々であるならば、社会の文化的水準を高め、民衆の芸術的感覚を高めるために働かなくてはならぬという鞭撻を感ずるか、或いはまた、いかに晩年が寂しく見え社会に容れられなく見えても、あくまでも自己の芸術的良心に忠実であることのいかに立派であるかを痛感するか、そのいずれかであろう。芸術的良心に忠実なるものの末路はかくのごとく悲惨であると思い、それ紋に人生は不合理で悲惨なところである、とのみは思わぬであろう。また養老院制度を単なる憐憫のための飼い殺しの場所ではないものとするために、ベーベルのいったような制度改革の熱意はいかにも必要であるが、老人の集団生活そのものに、殊に同じ職業を共にした老人たちの共に住むこと自体に悲惨があるわけでもない。若いもの幼いものと共に住むことのみが老年の唯一の幸福な生活方式と決っているわけではない。要するにこの映画は感激に値する人生の場面や我々をインスパイアするに足る人間像の幾つかを与えて人生を愛するための一つの糧(かて)となり得たものであり、少なくとも良い老年はいかにして獲得されうるかについて色々の示唆を与え、どんな形式の老年もこれに処する処し方とこれを受取る受取り方とによっては充分に感謝に値するものとなり得ることを示唆してくれたものであって、ひとえに老年の暗い宿命と人生の空虚とを感ぜしめるものであったなどとは、到底いえないと思うのである。一昔前のアメリカ映画によくあったように、いかに多くの紆余曲折があっても、結局はめでたしめでたしというところで幕を閉じるというような人生でなくては生きるに値する人生でない、感激に値する人生でもあり得ないと思う子供らしさは、我々大人たちの中にも案外根強く巣くっているように思われるのである。

6

また世の中には人生の余りの短かさ、人間の余りのもろさ、を痛感する余りに、この世の営みのすべてが無意味に空虚に感じられてならないという性格の人々がある。自分にもこの気持はよくわかるように思う。時としてこの意味の空虚感が猛烈に自分をつき動かしてきたことも稀ではなかった。もしも自分が前に述べたような、もっと具体的な二つの激痛によって捉えられることがなかったとしたら或いは主としてこの種の空虚感によって圧倒されていたかも知れないのである。何をやっていても、これもまた速かに過ぎ去る、一片の煙のごとくに消え去る、あとに何ものをも残さずに、と思う。もちろん、あとに何ものをも残さなくても、何びとの記憶の中にも残らなくても、自らかえりみて重大深刻な経験であるという自覚と自信とがあるならば、永遠のうちにこういう経験があったというその事実だけで安立することが出来るでもあろう。例えば真に自信ある芸術品を創造し得た人はその芸術品が長く保存されることやましてその芸術品に自己の名が添加されて残るというようなことよりも、このような芸術品を創造し得たことそのことに最大の満足を感じるに違いない。しかしそれほどの仕事や快楽をもつことは何びとにでも容易に恵まれることではないしまた神経質に反省するインテリにはこういうものはいよいよもちがたいことになるであろう。無事に生きのびて天寿を全うしても人生はあっけなく過ぎるのに、この人生にはまた余りにも多くの偶然事と災難とが多すぎるのである。ちょっとした交通事故やスポーツの過失などによっても年若い人命の数多くが失われる。自分は若い時からこの種の頼りなさ、はかなさを印刻することの強い性分であったが、近年幼い子供たちをもつようになってから、人間の生命がいかに多くの危険と偶然とによって取囲まれているかに戦慄を感じ一日一日彼等の生き延びていることが奇蹟であるかのようにすら感じられる。一刻も目をはなすことの出来ない幼児のあぶなさは地球上における人間の運命の象徴のように感じられる。人間の生命はこの地球表面をその生活の場として発生し成長してきたものであるのに、その地球表面そのものが、ちょっとつまずいてもちょっと落ちこんでも生命の終焉を意味するような危険に充ちているのである。さてこの種の神経の敏感な人々にとっては、余りのはかなさ、あっけなさに、人生はここに腰を落着けて生活し仕事すべき充分な場所と思われぬのである。この種の人々に対しては、いかに現実を重んぜよ、現世を重んぜよといい聞かせても、なかなか実感ではひびいてくれないのである。この種の人々は来世の生活を認め得ることによって初めて腰を落ちつけ、須臾(しゅゆ)にして去るこの世の生活にも永遠とつながる意味を認めることが出来るようになる。また中途の挫折にも屈せずなんらの効果がないように見える善い行為にも励むことが出来また無限の時を必要とするように見える人格完成への修行の旅にも勇躍して出発することが出来るようになる。だがこの来世の生活を信ずるということは、だれにでも容易に出来ることではないのである。こがれるほどにこれを望みながら最後までこれを得られぬこともあるのである。倉田百三氏が来世にあこがれる心をもっていたことは、その戯曲の幾つかを見てもまた生活感想文を見ても充分に推察することが出来る。しかしこのことは到底解決のつかぬ難問と見えた故に氏は別の方向に向って解脱の道を求め、「絶体的生活」の後期の版本を見ると、結局は一種の禅的な方法によって安心立命を完成し得たかのように語っている。「求道上の問題については既に自分は自分のなし得る限りのことをなした、自己一身の救済のためにはこの上になすべき何事も残っていない」といい、今後は社会的な運動に乗り出すであろうことを宣言し、また実際にそうしているのである。しかし氏は臨終の少し前に、来訪したK氏に向って、「K君、来世はあるか、豁然として新天地が開けてくる、ということがあったらどんなにすばらしいことだろう」という意味のことを感慨をこめて語ったという。このことは、氏のいわゆる解脱なるものがやはり決定的な完全なものでなかったのではないかという疑いをもたしめると共に――氏の解脱のある意味における真実性と実力とを決して否定するのではないが、少なくとも道元＝白隠級の、または親鸞＝蓮如級の安心立命でなかったことは確かである――この人の来世に対する要求のいかに強く、性格的なものであったかを推知せしめるのである。こういう要求を軽蔑することはできない。世上一般に来世を簡単に信じ得ているものは信じ得ない人々を簡単に軽蔑しており、また逆に来世を信じ得ないものは来世を信じているものを素朴な迷信者として簡単に軽蔑しているのが常であるが、いずれの側にも深い心理的理由があり得るのであって、このように簡単に相手を蔑視することはよくない。浄土教系統の高僧の中にも、大慈悲力に対する信仰は現在の一瞬から直ちに我を救うものであることを意識しながらも、なお来世の往生をたのしみ待とうとする心構えの濃厚であった人々がいる。親鸞においてはそれは強く現われていないで、むしろ現在の一念における安心立命に重きがおかれていたようであるが、善導大師や蓮如上人には往生をたのしむ気分が濃厚であるようである。

だがこういう要求を強くもちながらついにそれが得られぬときにこのような人々にとっても虚無を克服するみちはなお残されていることを知らねばならない。J・S・ミルはその「宗教論」の中に次のような趣旨を述べているが、自分はこれに対して一応は満幅の支持をおしまないものである。「過去の宗教を支持する人々は、人の一生の短かさと些末さとを考えるとき、死後の生命なしには、偉大にして高められた情感と結びつき得るような観念を作り出すことができない、というかも知れない。しかしながら人生が短かいからといって我々がそれを超えた何ものにも関心をもち得ないと断ずることは、正常な結論ではない。人間は自らの生きて見ることの出来ぬものに対しては深い感情をもち得ない、と考えることは人間性に関する卑劣な観念である。個人の生命は短かいとしても人類の生命は短かくはなくその不定限の継続は事実上は永遠無窮に等しい。そして限りなくこれを改善し得ることを考えるとき偉大な大志をゆり動かして余りあるほどの大目的を、想像力と同情心とに対して与え得るのである。しかもまた、このように全人類の運命を自己の運命と同視し得る能力は、特に選ばれた一部の者のみのもち得る能力ではなくて、もとより一定の程度の教育を必要とするのではあるが、いかなる人でもの持ち得る能力なのである。人類の状態が改善されて人類がその生活においてより幸福となればなるほどまた非利己的な源泉から幸福を引出すことが出来るようになればなるほど人類は死後の生活を必要とする意識をいよいよ失ってくるであろう。やがては通例の道徳的教育を受けたすべての人々が、現在の生存期間よりも遙かに長い期間にわたって個人として生きることを喜んで希望するではあろうけれども、おそらく異なった人々において異なった長さの年月を生きたのちは、すでに充分に生活したという意識をもち、したがってもはやよろこんで永遠の安息に眠ろうとするようになるであろう」だがこういう心境はミルの楽観したように必ずしもあらゆる人々に容易に得られるものではあるまい。結局来世の信念が合理的実証的な多くのインテリにとって容易でないように、これもまたかなりに程度の高い道徳人にとっても容易なものでないといわねばならない。

このようにして、大我的感情も得られず、死後の生活も信じられず、したがって現在の己が生を蜉蝣（ふゆう）のように意味ないものとして感じずにはいられない人々にとって、どんな生き方があり得るのであろう。だが、我々は、このような人々にとっても虚無克服の可能性はあり得るということを忘れてはならないのである。具体的な一つの実例を語ってみよう。わが国の浄土真宗界で真に奥深い信仰をもっている実力的な宗門人の第一人者として尊敬せられている、そして自分もまた自分の知っている限りの現存宗教家の中で最も尊敬している宗教家であるところのH師に、近頃ひざづめの談判でうかがいを立てたことがある。「あなたは講演の時には一般的な話し方をされる。死後の生活を信じ得ないものは強（し）いて信じようとあせる必要はない、また死後の生活を自（おの）ずと信じられている人はそれもよろしい、根本問題は死後がどうあるかではなくて、ただ今の瞬間から大慈悲の力を信頼し得るかどうかということである。大慈悲力に乗托し得さえすれば死後がいかにあろうとも安んじて任せておくことが出来るはずなのである、という風にいわれる。それはその通りであろうと思う。だがあなた御自身は死後の生活があると思っていられるのであるかどうか」と。それに対して七十歳になんなんとする師は率直に語られた。「自分は正直なところ、死んだのちにそういう美しい世界があるとはどうも思えないのである。しかしすなおに信じられる人はそれも幸せであると思う。自分などもこののち、いよいよ死が近づいて来たら、人間というものは弱い者であるから、そういう世界を慕い求めるようになるかも知れない」と。だが死後の生活についてはこのように実証的見解を持していられるＨ師ではあるが、大慈悲力に対するその信仰の確固としてゆるぎないものであることや、その信仰そのものを無上の幸福として常に感謝していられることや、またその信仰の力によって実際に高い道徳的能力をも展開していられることなどは自分には疑いのないことと見えるのである。自分がこの世において実在の人にふれて、無私の愛の真に実在するものであることを実感し得たのは、母の外にはこの人が最大の人であったといってもよいのである。師の愛は、あくまでも相手の人生苦の真の救済と人格成長とのためにするものであって、妥協や御機嫌とりではなく、手きびしいその苦言が身にこたえながらしかもその愛を疑うわけにゆかないと思わせる珍らしい人である。だがこの人だけではない。大慈悲力を信ずるが故に死後の生活のいかんを問題とせず自己の能力のいかんをも問題とせずに嬉々として生きている人は、自分の知っている限りでも必ずしも乏しくはないのである。かつて清沢満之(きよざわまんし)もＨ師と同じようなことを語録の中に述べたことがあった。「嶺城老人来り問うて曰く、頽齢(たいれい)七十五に達せりと雖も、なお前途の希望甚だ明瞭なる能わず、子は如何と。答えて曰く、生も亦然り、死後は七珍万宝の楽土ありて生ずべきや、或は鼎鑊剣林(ていかくけんりん)の奈落ありて堕すべきや、その楽土奈落の有無も未だ確信する能わず。ただ「歎異鈔」の一段、念仏は極楽へ参るべき種なるや地獄に落つべき種なるや総じて以て存知せず、只よき人の教を信ずるのみ、とあるに信服す云々」この種の人々は一目見てわかるような気がする。一言二言挨拶を交してみればいよいよ明瞭である。顔付きも話し方も生きている。そして大慈悲力に対する信仰がいかなる幸福にも勝る幸福であることを沁々と感得させるのである。不治の病床に臥して余命幾許（いくばく）もないことの明瞭であるもの、今から何事を企てても途中半ばで了ることの明瞭至極であるもの、人の厄介になるばかりで人のために何事をもなし得ないもの、しかも自らの内に大我的感情などというすばらしいものを到底発見し得ないのみならず死後の生活をも信じ得ないという者、要するに今や生きていることが自他のために有害無益であるとしか思えないもの、こういう人々にもなお一つの可能性が残されており試みるべき一つの仕事が残されているのである。すなわち大慈悲力に対する信を願い求めることこれである。もちろん、大我的感情を実現することや死後の生活に対するゆるがぬ信念をもつことが困難であると同じように、こういう信仰をもち得ることもまた困難であろう。難中の難ともいい得るであろう。しかしながら、熱望する人にはいかなる人にでもどんな場合にでも容易に与えられ得る賜物である、という一面も確かにあるのである。いずれにせよ、前二者を持ち得ぬ者にもなお最後の一瞬までこういう可能性が残されているということは、記憶していなくてはならない事柄である。

それでお前自身はすでにそういう大慈悲力に対する信をもっているのであるかどうか、と問われるであろう。自分の行き方は次のごとくである。自分は生れつき信仰というようなものとは極めて縁の遠い性格であった。確かな証拠をつかまなければ安心できなかった。坐禅にはなんらの信仰も仮定も必要でない、坐っていればかくかくの効能があるという心理的事実を自証することが出来る、というわけで坐禅に近づいた。ところが坐禅の与える初歩の効能だけでも自分にとっては相当にありがたいものがあったので、白隠その他の高僧たちが約束してくれる高遠な境地をも自ら見ずして信ずるということが割合に出来易くなってきた。しかしながら、心頭滅却すれば火もまた涼しというような精神力は、自分の実力では到底企及することが出来ないように思われ、また必ずしも企及する必要もないように思われた。坐禅をもってしても処理することの困難な種類の苦痛については苦痛そのものをすなおに受取りこれに没頭しようとすることの方がむしろ自分にふさわしい方法と感じられた。火もまた涼しということは不可能であっても、火の限りなく熱いことをそのままに受取ることは出来るように思われたからである。このようにして、受取る力は無限であること、また何らの準備も工夫もなしにただ一切の経験をよく受取ることを通して、人生の諸相についての疑いえない智恵が次第にめぐまれてくることを感じるようになった。これは自分の実証的精神を最もよく満足させてくれる方法であることがわかった。ついには、自分にとっての最悪の苦痛をも含めて、一切の事件のうちに、自分を教育し成長せしめる慈悲の鞭の潜んでいることを徐々に感得するようになってきた。かつては自分の生涯にとって最もはじがましく、出来れば自分の生涯の歴史から取除いてしまいたいほどに思い、また絶対のマイナスとしか思えなかったような経験が、汚物の中核に最も美わしく結晶した真珠か何かのように、自分にとってかえって最も誇らしく輝かしい経験であったに違いないものと見えるようになってきた。それが自分の根深い利己性や怠惰やひとりよがりや狂人のような自己中心主義などを叩き直すためにどうしてもなくてはならないものであったことが確かに感じられたからである。別の一文「執着の深さについて」はこの種の実例の一つを詳細に具体的に物語ったものである。このような感受性がもっともっと成熟してくるときに、証拠なしには信じられぬ自分の心にも、大慈悲力に対する信念は文字通りに金剛の信として確立する日があるであろう。いずれにせよ、いま自分が力の限りに叫びたいことは、要するに最後の瞬間まで人生の可能性を見限ってはならないという一事なのである。

（四八・八・一三）

解説

中谷彪

待望していた塩尻公明の随想集『或る遺書について』の復刊にあたって、私が解説を書くことになった。私自身は、塩尻の著作については解説などは不要で、著作自身が自らを解説すれば足りること、本書もまた然りであると考えていたが、この本に関する限り、私自身、是非とも書いておかなければならない使命と任務とがあるとの思いがあるので、引受けることにした。

私の使命と任務とは、私にしかできないこと、しかも、読者に参考になることを、限られた紙数内で紹介することである。それは、塩尻が本書に収録した「或る遺書について」と「虚無について」を執筆するまでの経緯と背景とを忠実に描くということである。一風変わった解説であるが、それが本書を読まれる読者の参考にもなるのではないかと考えるからである。

一　「或る遺書について」

⑴木村久（久夫の父）から塩尻への手紙――久夫の死を伝える手紙と遺書（久書写）――

一九四七年早々、塩尻は一通の分厚い手紙を受け取る。一月三日付のそれは、高知高校時代の教え子で、京都大学経済学部に在学中に召集された学徒兵木村久夫の刑死を伝える父の久からの手紙であった。以下に、その抜粋を示そう。

《木村久から塩尻への手紙》

今日は悲しいお知らせをいたします。実は御寵愛を受けました久夫が、昨年五月、南方で亡くなりましたのでございます。

先年久夫が外地へ立ちます際にも「万一自分の身に異変があった時には高知の三先生や親友の某々には早速その旨をお知らせして生前のお礼を申して呉れ」と呉れぐれ申し遺して参りました。然し此度の事は又、私共にとってはあんまり大きな出来ごとで、静かな気分になってお手紙を書く気力が出なかったのでございます。此の事を知ってから今日まで相当日数も経ちましたのに、一日一日と後らせて参りました。私はいつもこんなことをして申し訳ないことをいたします。此度は到頭遺髪や遺書まで届きましたので、今日こそ元気を出して此の書状を認めました。

実は久夫は、戦争犯罪人として英軍の裁判を受け刑死いたしたのでございます。印度洋の「カーニコバル島」に派遣されていた日本軍の司令官や兵団長等のお供をさせられまして、昨二一年五月二三日「シンガポール」の刑場で果てました。

先生のお力に依り、久夫は漸く大学に入れて頂いて、実に有頂天になって喜んで居りましたが、其の新しい制服も未だ着慣れぬ内に応召入隊いたしました。入隊早々一カ年にも近い入院生活をいたし、そして退院するや否や、南方派遣軍に加わって内地を出発いたしました。詳細の事は今日になって知り得たのですが、久夫等の派遣されたのは、インド洋の「カーニコバル島」でありました。ほぼ淡路島程の孤島で、其処へ日本の陸海軍合わせて一万弱とか参ったのだと聞いて居ります。

久夫は其の処で、民生部員として勤めることになりました。陸海軍中から二名の者が選抜せられ、余程教育のある大尉とか中尉とかの人が主任で、久夫がその助手となり、此の二人で最初の民政部の創設を命ぜられました。それは島民の宣撫や教育、生活上や思想上の取締、其の他様々な研究調査を仕事とする相当重く見られた任務でありました。

虚弱な体を持った久夫はお蔭で部隊の烈しい労務から離れ、軍隊の中の仕事としては、彼の嗜好に近い方面に向けて貰って大変喜んだそうであります。島民中には英語を話す印度人等も沢山居たので大変英語の稽古も出来、又其の印度人中には大学まで卒業して久夫等の好む書物を沢山所蔵して居る者があったので、久夫は其の者から次々と書物を借り受けて、今、故郷の学窓に居る友達の事を常に羨みながら哀れに見える程一心に読書ばかりしていたそうであります。英語は非常に熟達して、丸三カ年の末頃には軍中で通訳を命ぜられても、一、二の達者になっていたと申して下さいます。斯様にして一兵士でありながら陸海軍中に重宝がられ、兵団長に直属した妙な兵隊にして貰って相当朗らかそうに見せていました。

ところが終戦近くになって、島で「スパイ」の検挙が行われました。そして印度人中多人数が日本軍の手に逮捕せられ、処刑せられました。処刑は他の部隊で行ったのだそうでありますが、司令官や兵団長の命に依り民生部員(其の頃は増員されて二〇名近くも居り、久夫は其の一人でありました)通訳、憲兵等は其の平素の役目柄として「スパイ」と目した印度人の逮捕や取調べに関係させせられたのであります。

終戦になって英軍が上陸してからは、久夫は今度は英軍から選ばれて通訳を命ぜられ、皆が羨む程暢気な日を送って居りました。実にこれまでは幸福でございました。

終に前の印度人処刑事件が問題にされました。そして責任者と認められた者は悉く英軍の軍事裁判に附せられ、後には遥々と「シンガポール」に廻されまして最後の審判を受け、軍司令官の原中将、兵団長の斎少将、其の他高級武官、久夫等民生部の者、通訳官、憲兵等多数の者が責任を負うべきものと極り、二一年五月、「シンガポール」の刑場で相次いで果てました。罪名は「国際陸戦法違反」とあります。直接印度人に処刑の手を下した人達は却って許されたそうであります。

久夫の自筆の遺書が英軍から送られました。遺書の中に「自分は日本軍人の亀鑑たらずとも、これでも教養ある日本人の一人として聊かの恥ずべき行為をもしなかった積りだ。此の事は終戦まで同島に居た多くの戦友が皆熟知している。これ等の戦友が引揚げて還ったら、遠くとも其の住所を尋ねて詳細を聞き取って呉れ云々」と言う意味のことを申して居ります。戦友中の親切な人達は、こちらから訪ねるまでもなく、引揚のある毎に続々と私方を訪ねていろいろと泣いて語って下さいました。中には高級な武官も復員の姿のまゝで遥々と見えました。殊に久夫等と未決の内は共に居て、最後に釈放されて帰った人々や、又、日本渉外局の僧侶の人で、久夫の独房を屡々見舞うことを許され、最後に久夫が刑場に入らむとする真際に読経までして下さった人の訪れて下さったことに依って、更に詳細な様子を知ることが出来ました。久夫は死刑の宣告を受けた際にも少しも動揺の様子を見せず、又最後の受刑の直前にも物狂わしい虚勢も示さねば、聊かの恐怖の色も浮べず、全く静かな態度で刑場へ足を運んで行ったそうであります。少し誇張して聞かせて下さったのかも知れませんが、聖僧のような姿に感じたと申して下さいます。

英国の監獄は囚人に対する取扱もよく、久夫は其処でも英軍の看守に大変同情せられ、数か月の間、一人読書したり考えたりしていたそうであります。軍に居る時も、久夫は上司に愛せられ、特に久夫を庇護して下さったそうであり、又、島民とも非常に親しみ合い、殊に其の子供等とは友達のように遊んで居ましたそうで、久夫が未だ軟禁中の時など、島民が色々なものを入れて呉れたそうであります。如何なる運命の廻り合わせであったのかと哀れに存じます。

あんな粗雑な人間でも、私共には一粒種の男の子として物笑いになるような親の煩悩で育て、参りましたのに、世に類も稀な非業な死に方をされました私どもの心持をお察しくださいませ。茲に子供の死をお知らせいたしますと共に、言葉にもつくしませぬ昔年の御厚恩を感謝いたします。子供を忘れる時の来ぬ限り御厚恩は忘却いたしません。

尚々申し上げたい事は此の以外にこそ沢山あるのでございますが、何れ拝眉の上申し上げる積りでございます。

二伸　久夫の遺書を英軍から送って呉れました故、其の「写」をお目にかけます。久夫は隊に居る時も独房に居る時も塩尻先生のことは殊に申して居りましたそうでございます（自筆の遺書は拝眉の砌持参いたします）。

(2)同封の久夫の遺書（久書写）

久の手紙には、英国軍から木村家に送られてきた久夫の「遺書」が同封されていた。久夫が外地へ発つ際に「万一自分の身に異変があった時には高知の三先生（注：塩尻・八波・徳田の三教授を指す）や親友」に知らせて、「生前のお礼を申して呉れ」と言い残していたので、木村家では、久夫が慕い敬愛してやまなかった塩尻に知らせたのであった。以下に、「遺書（久書写）」の全文を掲載する（文中の「（中略）」はすべて久によるものである）。

《木村久夫の遺書（久書写）》

独立混成第三六旅団　　　木村久夫

留守担当者　大阪府吹田市大字佐井寺四〇二九　　　木村　久

遺　品

一、遺書（父宛）丁寧に認める暇がなくて、実にぞんざいな言葉遣をしましたことを許して下さい。

二、英和辞典、和英辞典、哲学通論、眼鏡、

其他出来るだけの機会をとらえて、多くの人々に私の遺品を一部分づつ託しましたから、其内の幾つかは着くでしょう。

遺　書

未だ三〇才に満たざる若き生命を以って老いたる父母に遺書を捧げる不孝をお詫びします。愈々私の刑が執行されることになった。絞首に依る死刑である。戦争が終了し、戦火に死なゝかった生命を、今此処に於て失って行くことは惜みても余りあることであるが、これも大きな世界歴史の転換のもと、国家のために死んで行くのである。宜しく父母は私は敵弾に中って華々しい戦死を遂げたものと諦めて下さい。私が刑を受けるに至った事件の内容については福中英三氏に聴いて下さい。此処で述べることは差し控える。

父母は其の後お達者でありますか。孝ちゃんは達者か。孝ちゃんはもう二二才になるんですね。立派な娘さんになっているんでしょうが、一眼見られないのは残念です。早く結婚して、私の家を継いで下さい。私の居ない後、父母に孝行を尽くせるのは貴女だけですから。

私は随分なお世話を掛けて大きくして頂いて、愈々孝養も尽くせると言う時になって此の始末です。これは大きな運命で、私のような者一箇人では如何とも為し得ないことでして、全く諦めるより外に何もないのです。言えば愚痴は幾らでもあるのですが、凡て無駄です。止しましょう。大きな爆弾に中って、跡形なく消え去ったのと同じです。

斯うして静かに死を待ちながら坐っていると、故郷の懐かしい景色が次から次へと浮んで来ます。分家の桃畑から佐井寺の村を下に見下した、あの幼な時代の景色は、今も眼にありありと浮んで来ます。谷さんの小父さんが、下の池でよく魚を釣って居られました。ピチピチと鮒が糸にかゝって上って来たのも、ありありと思い浮かべることが出来ます。家のお墓も思い出します。其処からは遠くに吹田の放送局や操車場の広々とした景色が見えましたね。お盆の時、夜お参りして遠くの花壇で打ち上げられる花火を遠望したことも思い出します。お墓の前には、柿の木がありました。今度帰ったら、あの柿の実を喰ってやります。御先祖の墓があって、祖父祖母の石碑がありますね。子供の頃、此の新しい祖母の横に建てられる次の新しい墓は果して誰の墓であろうと考えたことがありますが、其の次に私のが建つとは其の時は全く考え及びませんでした。お祖父様、お祖母様と並んで下の美しい景色を眺め、柿の実を喰ってやりましょう。序手にお願いして置きますが、私の葬儀などは余り盛大にやらないで、ほんの野辺送りの程度で結構です。

盛大なのは更って私の気持に反します。お供物なども慣習に反するでしょうが、美味しそうな洋菓子や美しい洋花をどっさり供えて下さい。私は何処迄も晴やかに明朗でありたいです。

次に思い出すのは何と言っても高知です。境遇及び思想的に最も波瀾に富んだ時代であったから、思い出も尽きないものがあります。新屋敷の家、鴨森、高等学校、堺町、猪野々、思い出は走馬燈の如く走り過ぎて行く。塩尻、徳田、八波の三先生は何うして居られるであろう。私の事を聞けば、きっと泣いて下さるであろう。随分私はお世話を掛けた。私が生きて居れば思い尽きない方々なのであるが、何の御恩返しも出来ずして、遥か異郷で死んで行くのは残念だ。せめて私がもう少しの人間になるまでの生命が欲しかった。これが私の最も残念とするところである。私の出征する時に言い遺したように、私の蔵書は全部、塩尻先生の手を通じて高等学校に寄贈して下さい。(但し孝子の婿になる人が同学を志して必要とするならば、其人に蔵書の全部を渡してもよい) 塩尻先生に、何うか宜しくお伝えして下さい。先生より頂戴した御指導と御厚意とは何時迄も忘れず、死後迄も持ち続けて行きたいと思っています。

(中略)

凡ての望みが消え去った時の人間の気持は実に不可思議なものである。如何なる現世の言葉を以てしても現わし得ない。已に現世より一歩超越したものである。何故か死の恐しさも解らなくなった。凡てが解らない。夢で、よく底の知れない深みへ落ちて行くことがあるが、丁度あの時の様な気持である。

死刑の宣告を受けてから、計らずも、曾て親しく講義をも拝聴した田辺元博士の「哲学通論」を手にし得た。私は読みに読み続けた。私は此の書を幾度諸々の場所で手にし愛読したことか。下宿の窓で、学校の図書館で、猪野々の里で、洛北白川の下宿で、そして今又、異国の監獄の独房で。然し、時と場所とは異っていても、私に与えて呉れる感激は常に唯一つであった。私は独房の寝台の上に横たわりながら、此の本を抱き締めた。私が一生の目的とし、理想としていた雰囲気に再び接し得たる喜びであった。私には、せめての最後の憩いであり、慰みであった。私は戦が終り、再び書斎に帰り、好きな学の精進に没頭し得る日を幾年待っていたことであろうか。然し凡てが失われた。私は唯、新しい青年達が、自由な社会に於て、自由な進歩を遂げられむことを地下より祈ること丶しよう。「マルキシズム」もよし、自由主義もよし、如何なるものもよし、凡てが其の根本理論に於て究明され解決される日が来るであろう。真の日本の発展は其処から始まるであろう。凡ての物語りが私の死後より始まるのは誠に悲しい。

一津屋のお祖母様はお元気だろうか。

(中略)

それから一津屋の重雄叔父さんを始め一族の方々、名残は尽きない人ばかりである。

（中略）

私の死したる後、父母が落胆の余り途方に暮れられることなきかを最も心配しています。思いめぐらせば、私はこれで、随分武運が強かったのです。印度洋の最前線、而も敵の反抗の最も強烈なりし間、随分これで命の終りかと自ら諦めた危険もあったのです。それでも擦り傷一つ負わなかったのは、神も出来るだけ私を守って下さったのだと考えましょう。父母は私が既に其の時に死んだものと諦めて戴きたい。私の死については、出来るだけ多く、私の友人知人に知らせて下さい。

降伏後の日本は随分変わったことだろう。思想的に、政治、経済機構的にも随分の試練と経験と変化とを受けるであろうが、其の何れもが見耐えのある一つ一つであるに相違ない。其の中に、私の時間と場所との見出されないのは誠に残念だ。然し、世界の歴史の動きはもっともっと大きいのだ。私の如き者の存在には一瞥もくれない。泰山鳴動して踏み殺された一匹の蟻にしか過ぎない。私の如き者の例は幾多あるのである。戦火に散って行った幾多の軍神達もそれだ。原子爆弾で消えた人々もそれだ。斯くの如きを全世界に渉って考えるとき、自ら私の死もうなずかれよう。既に死んで行った人達のことを考えれば、今、生きたいなど〻考えるのは、その人達に対してさえ済まないことだ。若し私が生きて居れば或は一人前の者となって幾分かの仕事をするかも知れない。然し又、唯の拙らぬ凡人として一生を送るかも知れない。未だ花弁も見せず蕾のまゝで死んで行くのも、一つの在り方であったかも知れない。今は唯、神の命ずるまゝに死んで行くより他にないのである。

（中略）

此の頃になって、漸く死と言うことが大して恐ろしいものではなくなって来た。決して負け惜しみではない。病で死んで行く人でも、死の前になれば、斯の様な気分になるのではないかと思われる。時々ほんの数秒間、現世への執着が、ひょっこり頭を持ち上げるが、直ぐ消えてしまう。此の分なら大して見苦しい態度もなく死んで行けると思っている。何を言っても一生にこれ程大きい人間の試験はない。今では父母妹の写真もないので、毎朝毎夕眼を閉じて昔の顔を思い浮べては挨拶をしています。あなた達も何うか眼を閉じて、私の姿に挨拶を返して下さい。

（中略）

もう書くことは何もないが、何かもっと書き続けたい。筆の動くまゝに何かを書いて行こう。私のことについては以後、次々に帰還する戦友達が告げて呉れましょう。何か便りのある度に、遠路ながら戦友達を訪問して、私のことを聴き取って下さい。私は何一つとして不面目なことは、して居らない筈です。死んで行く時も、きっと立派に死んで行きます。私は、よし立派な日本軍人の亀鑑たらずとも、高等の教養を受けた日本人の一人として、何等恥ずる所ない行動をとって来た積りです。それなのに、計らずも私に戦争犯罪者なる汚名を下されたことが、孝子の縁談や家の将来に、何かの支障を与えはせぬかと心配でなりません。「カーニコバル島」に終戦まで駐屯していた人ならば、誰もが皆、私の身の公明正大を証明して呉れます。何うか、私を信じて安心して下さい。

私の更に最も気掛りなのは、私の死後、一家仲良く暮して行って下さるかと言うことです。私の記憶にある我が家は、決して明朗なるものでなかった。私が死に臨んで挨拶する父の顔も、必ずしも朗らかな笑顔でないことは悲しいです。何うか私の死を一転機として、私への唯一の供養として、今後明朗な一家として送って下さい。不和は凡ての不幸不運の基のような気がします。因縁論者ではないが、此の度の私の死も其の遠因の一分が或は其処から出ているのではないかとも、強いて考えれば、考えられないこともないかも知れません。新時代の一家の繁栄の為に、唯、基の和合をば「モットー」としてやって頂きたい。これが私が死に当って、切に父に希う一事であります。

人が言うようなら、死ねば祖父母にも、戦死した学友にも会えることでしょう。あの世で、それ等の人々と現世の思い出語りをすることも楽しみの一つとして行きましょう。又、人が言うように出来るものなら、あの世で蔭ながら、父母や妹夫婦を見守って行きましょう。常に悲しい記憶を呼び起さしめる私かも知れませんが、私のことも時々は思い出して下さい。そして却って日々の生活を元気づけるように考を向けて下さい。

「ドイツ」人か誰かの言葉を思い出しました。

『生れざらむこそよけれ。生れたむには、生れし方へ急ぎ帰るこそ願はしけれ』

私の命日は昭和二一年五月二三日なり。

(中略)

もう書くことはない。愈々死に赴く。皆様、お元気で、さようなら、さようなら。

一、大日本帝国に新しき繁栄あれかし。

一、皆々様お元気で。生前はご厄介になりました。

一、末期の水を上げて下さい。

一、遺骨は届かない。爪と遺髪とを以て、それに代える。

処刑半時間前擱筆す。

○（父が申します。以上が自筆の遺書の写でございます。鉛筆書きで誤字も見当たらず、非常に落ちついて書いてあります。二、三日以前から書き出して、処刑前、渉外局の僧侶の方が読経に行って下さった時、未だ書いていたそうで、時間が追って来たため、終わりの方は字が乱暴になって居ります。尚、遺書中、「中略」としました中には、親族の人々などのことなど書いて、左の歌も書いてございました）

最初の二首は独房には入った初め頃のものらしく見えます。

悲しみも怒りも今はつき果てぬ　此のわびしさを抱（だ）きて死なまし

みんなみの露と消えなむ命もて　朝粥すゝる心わびしも

○（父が申します。次のは中略の歌らしく見えます）

朝粥をすゝりつ思ふ故里の　父よゆるせよ母よなげくな

友のゆく読経の声をきゝながら　己がゆく日を指折りて待つ

○（父が申します。次のは死の前夜の歌です）

おのゝきも悲しみもなし絞首台　母の笑顔をいだきてゆかむ

風も凪ぎ雨もやみたり　さわやかに　朝日をあびて明日（あす）は出でまし

以上

父が申します。大体読み返して誤りなく写したつもりですが、万一、小さい写し誤りがあるかも知れませんが、もう此上、見るのは苦しい思いがいたしますから、これでお送りいたします。

久夫の「遺書（久書写）」は一〇行縦書き罫紙二〇枚で、端正かつ綺麗な筆跡で書かれている。追記で、妹の孝子の記述として「大体読み返して誤りなく写したつもりですが、万一、小さい写し誤りがあるかも知れません」と「父が申しております」と書いている。これは、久が久夫の「遺書（原文）」を筆写する際に「小さからぬ」編集（書き換え）をしたことを告白したものと解される。しかし、意図的に編集した箇所も散見される。

その箇所の一つは、後に『東京新聞』（二〇一四年四月二九日）が誤報したところの、辞世の短歌の入れ替えである。辞世の短歌二首のうち、最後の一首「心なき風な吹きこそ沈みたる　こゝろの塵の立つぞ悲しき」を、久が「おのゝきも悲しみもなし絞首台　母の笑顔をいだきてゆかむ」の短歌に置き換えていたということである。

その二つは、最後から三行目に引かれていた縦傍線を消して、さらに「遺骨は届かない。爪と遺髪とを以て、それに代える」の一行を前の文と並べたことである。

しかしこのように書き換えてしまうと、二二日と二三日の区切りが消えてしまう。これでは、久夫が処刑半時間前まで遺書を書き続けていたということになってしまう。また、辞世の短歌の「朝日をあびて明日は出でまし」の時制とも矛盾する。なぜなら、辞世の短歌は処刑の前夜に詠われたものであるからである。

(3) 塩尻の久への返信

手紙と久夫の「遺書（久書写）」とを受け取った塩尻は、一九四七（昭和二二）年一月九日夜、久宛てにお礼と感想とを認めた手紙を書いた。

《塩尻の木村久への手紙》

お手紙拝見致しました。恐らく人の一生にまたと貰うことはあるまいと思われる種類のお手紙であったと思います。あの遺書をよまれ、またこの手紙を書かれた御両親のお気持ちは、何と申上げようもありません。木村君とは特に親しみ深い仲であった私の母、家内も一しょに三人で涙をこぼし乍らくり返して遺書をよみました。十幾年の間、多くの学生と縁を結びましたが、木村君程にしげしげと交渉をもち、又私の方で色々御厄介になった学生は他になかったゞけに、木村君の特別の最後は、近親者の死にも感ずることのなかった程の衝撃でした。師弟の間の特別の心の交わり、木村君の人間のよさと特徴とは自分こそ最もよく理解していると思い、木村君の方でも私の心以上に私を信頼してくれた、その師弟の心のむすびつきはなまなかの血肉の上でのつながりよりも深いものであったことが、改めて感じさせられるように思います。而も、こじつけではなしに、この異常な死に際して、木村君の人間のすじのよさと実力とは燦然と輝き出ていると思います。平生のまゝの感情をこめた書きぶり、少しのみだれも見せず、強がりもなくてらいもなく、すなおに正直に、世界と日本との大きな運命をも見渡して、残る人々にまともな愛情を送っているところ、涙と共に感心せずにはいられません。ソクラテスはあの異常な死に依って、その人格的感化を、またその実力のたしかさを決定的としましたが、木村君は彼自ら「人生最大の試練」といっているものに当面して、何人もうたがうことの出来ない美しい人柄の実力を決定的に示しました。私共は勿論彼が無事にがいせんして素志の如く学に精進することを心から祈ったものですが、しかしどんな学問的業績をあげたにしても、かゝる死に方がなかったとすれば、これほどに彼の人柄を示し、これほどに感動をあたえることはなかったでしょう。彼が若き命をすて、かいた此の一片の遺書は何巻の学問的書物にもまさる価値をもっていると思います。私一個にとってもこの遺書はいつまでもつきぬ感動と、人生への深き省察と、まじめな生き方、勉強し方を鞭撻して止まない貴重な文献となるでしょう。何卒ご両親も孝子さんも、このような息子をもち兄をもったことを、涙のうちにも誇として下さいますよう願います。大阪へ出向いた節は是非お訪ねして彼が死の直前にあのようになつかしがっていた土地を見、お墓にまいりたいと思います。彼が高知にいた頃提出した二、三の論文は私の手もとにみな保存してあります。十幾年の間には色々の学生の論文がたまりすぎて、殊に戦争中それらを殆ど処分してきましたが、彼のものの みは何となく焼くに忍びないで保存してありました。遺品として御両親なり孝子さんなりがお望みになるなら、いつでも差上げたいと思います。私も彼の蔵書の中で何か一服だけ永久の記念として頂きたいものと存じます。〔以下引用者略〕

塩尻のこの手紙は、哀悼溢れる感動的な文であるのみならず、汲み尽くせない深い内容を秘めている。

この手紙によって、木村家の家族三人が随分と慰められ、励まされ、生きる光を見つけることができたのではないかと思われる。

(4) 教壇で絶句する塩尻、木村家で「手記」を書写

塩尻の悲しみは、想像を絶したものであったようである。

ある受講生は、「昭和二二年四月から始まった二学年、一学期の先生の講義は大半、木村さんのことで終始しました。…塩尻先生は講義の途中、木村さんのことを思って感極まり、何度か絶句して教壇の上で涙を拭っておられました。私たちも強く胸を打たれ、今もその光景を思い浮かべます」と回想している。

おそらく塩尻は、在学中に慕ってくれた久夫の面影や、卒業後においては彼との頻繁な書信による交流の一コマ一コマを思い浮かべながら、何の援助も励ましも出来なかったはがゆさと無念との感情に涙を抑えきれなかったのであろう。

塩尻は一九四七年一〇月から三か月間、京都大学での内地研究の機会を得るが、その研究を終える数日前に、吹田の木村家を前後三回訪問して、久夫が田辺元著の『哲学通論』欄外余白に書き込んだ「手記」を書き写した。それが、四〇〇字原稿用紙三〇枚に及ぶ塩尻の「木村久夫君の遺書」である。

内地研究から高知に戻った塩尻は、一九四八年一月から三月にかけて猛烈な執筆活動を続ける。この状況を塩尻はつぎのように書いている。

昨年末三ヶ月の内地留学そのものが今から思えば相当に無理な緊張と努力との連続であったのに、

内地留学から帰ると休息もせずにすぐに次の予定にかかり、この一月には『J・S・ミルの教育論』の最後の仕上げを行い、『書斎の生活について』の未発表部分の相当量を書き足し、二月と三月には予定のごとく『女性論』を書き、春休みになると予定のごとく『執着の深さについて』を書き、之等の凡てを予定の通りに強行した上に、いま考えてみると予定以外のことにまで脱線したのであった。……三カ処の雑誌に書き、また『若き友へ』の寄稿文をも書いたので、あふれんとするコップの水に更に一滴を注いだように、自分の精力にとっては確かに過重の負担を強いたのであった。（塩尻公明「病苦について」、同『絶対的生活』現代教養文庫、一九五二年、一二〜一三頁）

その塩尻に、久から手紙（一九四八年二月一四日付）が届く。久夫に関係する手紙の後半部分を紹介しよう。

《木村久から塩尻への手紙（抄）》

心静かな折りを待ってお返書を認（したた）めたく存じ、つい延び延びになって仕舞ました。お詫び申し上げます。……

何につけ彼につけて、久夫のことが思い出されます。

彼は死に臨んで恩師に対する思慕を死後まで持ち続けてゆくと言い、いついつまでも父母や妹夫婦を見守っていると申し遺しました。私共は此の頃になりまして、彼が今も猶、明らかに私共の心中に身辺に現存して活きていることに気付きました。それは嘗ての欠点の多かった彼ではなくなり、総てが美しく貴（とうと）くなった彼であります。実に朝覚めてより夜眠るまで、私共は彼と共に暮し、彼と共に考え、彼と共に行動していることを知りました。今迄死灰（しはい）のように寂しかった心の中に微かながらも明るさと賑やかとを感じて参りました。先生を迎えて泣いた私共は実は久夫であり、京都の御下宿までいつもいそいそとお使いに参った妹は実は久夫でありました。……霊魂があるとか無いとか言うけれど、現に此の通り有るではないか、居るではないかと言った心地がいたします。何うか此の心持を失わぬようにしっかりと抱いていたいと存じます。……

この手紙で、久夫が「今も猶、明らかに私共の心中に身辺に現存して活きている」と書いている父の言葉に、生前は不仲であった息子久夫と、今は霊魂において一体化した境地を共有している心情を読み取ることができる。

(5)病床で「或る遺書について」を執筆

心配が現実となった塩尻の健康状態は、医者から重篤な病状(高血圧症と心臓病)であると診断され、絶対安静を命じられるという状態であった。

丁度その頃、新潮社から「或る遺書について」を至急書いてくれるようにという速達が来た。かねて話してあった木村久夫君の遺書についての一文のために、『新潮』誌が相当の頁を割いてくれることになったのである。……この文章だけは与えられた此の機会をつかんでどうしてもかいておかねばならぬと思われた。これだけは自分の命を削っても書かざるべからずと妻に……言い乍ら、数時間休んでは一寸書きという風にして書いて行った。(同前、一九頁)

塩尻は過労と持病が重なるという悪い健康状態であったにもかかわらず、久から送られてきた二通の「手紙」と久夫の「遺書(久書写)」、それに自分が書写した「木村久夫君の遺書」とを縦糸に、久夫との数年間に及ぶ交流の思い出を横糸に織り込んで執筆に取り掛かった。

塩尻が執筆に際して留意したことはつぎの三点であった(塩尻が久に送った一九四八年六月九日付の手紙)。

一つは、久夫の近くにいる者の感情よりも、久夫自身の死や気持の深さを活かすこと、また、この一文がなるべく多くの人々の役に立つということを考えること。

二つは、執筆内容については名誉棄損にならないように気をつけ、「適当な調和」をとること。もし問題が生じた場合には、自分が責任を取る積りであること。

三つは、「或る遺書について」を執筆するに際して、久から送られてきた久夫の「遺書（久書写）」と自分が書き取った「木村久夫君の遺書」の両方から久夫の言葉を引用すること。

⑹「或る遺書について」の発表と反響

五月四日に脱稿した「或る遺書について」は、塩尻と編集者兼発行者の斎藤十一とが心配していたＧＨＱの検閲に引っかかることなく、無事に『新潮』（一九四八年六月号、一五〜二九頁）に掲載された。「編集後記」で斎藤は、「或る遺書について」を「現下もっとも適切な論文だと信ずる」と讃美した。

「或る遺書について」は、全国の多数の読者たちから驚異的な感動と共鳴とをもって迎えられた。書評の幾つかを紹介しよう。

「或る遺書について」（新潮六月号、塩尻公明）は数多い戦争記録のうちで、もっとも深刻かつ厳粛な報告の一である。カーニコバルで通訳をしていた応召学生が、占領中にスパイ検挙の仕事に関係させられていたため、戦犯の罪を問われて処刑された。その最後の日々の手記である。……ここに記された若い学生の運命を、涙なくして読む同胞はあるまい。その気性の高さ深さに頭を垂れぬものはあるまい。そして、人はこの犠牲の痛ましさを悲しみながら、なおわれらの若き世代が望みを嘱するに足るものであることを知ることができる。（「無題」『朝日新聞』一九四八年七月二六日）

……新潮六月号に〔掲載の〕塩尻公明氏の「或る遺書に就いて」を読んだかね。あれは是非読んでくれ給え。……真に頼もしい我が学徒の手記の抜粋なのだ。……わしは木村君の遺書の断片を読みながら、幾度も涙を拭わずにはいられなかった。こんな立派な青年がいたと考えるだけでも、何かほのぼのと将来の光明を垣間見たような気持ちになる。腐敗した政治家、だらしのない国民の有様を視て、祖国の前途を考えると、暗くなるばかりの心の底にも、木村青年の燈す光が射して来るのだ。是非読んで見るがいい。（仏文学者・随筆家、辰野隆（ゆたか）「夏日つれずれ」『老若問答』要書房、一九五〇年、四六〜四八頁）

犠牲と申すべき青年学徒兵木村久夫君の比類稀なる純粋の向学心と、古の大哲をも髣髴せしむる最後の安心とに全く心を打たれました。実に惜しい人を失ったものと哀惜敬仰を禁ずることができませぬ。たまたま小生の著書の一が同君に最後まで愛読せられ、遂に同君の遺書を盛る器の用をつとめ来したことは、思いもかけざりし光栄で、著者にとり感激の至りです。まことに感慨無量と申す外ございませぬ。而して木村君の純情と高邁とを伝えられました同君の師たる塩尻氏に対しても、その深き愛情と誇張なき平淡なる文章とに、おのずから頭がさがります。衷心より敬意を懐かざるを得ませぬ。（『哲学通論』の著者、田辺元（はじめ）からの手紙）

『新潮』掲載の「或る遺書について」を読んだ全国の読者から、哀悼と感動の感想に加えて「或る遺書について」の単行本の出版を要望するハガキや手紙が塩尻と新潮社に陸続と寄せられた。新潮社は、読者の要望に応えるべく出版を企画したが、単行本にするためにはもう少しの原稿が必要であった。そこで新潮社は塩尻に「或る遺書について」に追加するもう一本の原稿の執筆を依頼した。この依頼に応えて塩尻が執筆したのが「虚無について」であった。

二　「虚無について」

(1)旅先で「虚無について」を執筆

随想文「虚無について」は一九四八年八月二三日に脱稿、『新潮』九月号に掲載された。

塩尻はこの文の冒頭で「旅にいて急にこの一文を草することになった」と断りつつ、「自分の周囲の限られた範囲内だけを見ても、表面には出ないでいるが自殺を企てて未遂におわった青年や絶えず自殺を思って生きている青年たち」に対してこの一文を呈する、と書き始めている。出版社に原稿を急がされたという理由もあったが、塩尻としてもこの際に是非とも書いておきたい文章であったと思われる。

塩尻は、かつて自らが長年にわたって直面してきた虚無感情をいかにして克服してきたかという経験をもっていた。塩尻の著作を読むと、彼は幼少期からその才を周囲から認められ、自らも目ざしていた官吏を経て政治家へという立身出世のコースを描いていた。しかし、彼は一高に入学した頃から天分と愛情の問題に悩み込み、立身出世コースを放擲して東京帝国大学法学部を卒業後、直ちに京都市山科区の一燈園に入り、無一文の托鉢修行や、新潟県の片田舎での晴耕雨読の農耕生活を自らに課してきた。その過程で塩尻が得た人生訓は、〝如何なる苦難に当面しても、それを「よく受け取る」という生活態度を実践して行くならば、人生は生きるに値するという生活的真理に到達し得る〟というものであった。

しかし、塩尻の観察するところによれば、青年ニヒリストたちの多くは共通して、「まだ年若く極めて限られた人生経験しかもっていないにかかわらず、いかにも自らが人生の諸相と奥底とを知りつくした者であるかのような牢固たる確信をもち、…この世には生きるに値するものがあるはずがない、という結論を大威張りで下しうる資格をもっているかのような、己惚れと、不遜さとをもっている」と思わざるを得ないものであった。

塩尻はその一例として、一ヵ月あまり前（一九四八年五月二七日）に、自分の学校で、しかも自分の授業の受講生のひとりであったS学生が自殺したことについて、「人生に見切りをつけることは、……不遜である」と書いた。

(2)「虚無について」への一部学生の抗議

さて、この塩尻の随想文に対して、S学生に同情する〝ゾル転（注：主として軍校からの転入生）〟たち数人が死者にムチ打つものだとして塩尻に抗議を申し込むという事件が起った。いわゆる「虚無について」事件である。この抗議に対していつもは温厚な塩尻は、次の授業で毅然たる態度で反駁したので、彼等はまったく圧倒されてしまったという。ちなみに、学内では塩尻を支持する学生の方が断然多数であったが、彼等との溝は遂に埋まらなかったようである。

この件について塩尻の親しい同僚であった八波直則教授は、次のように回想している。

一部生徒の間に塩尻さんに対する強い反発が起こったことも事実のようです。……私の考えを率直にいえば、塩尻さんはあくまで誠実に、真摯な気持ちで「虚無について」を書かれたと思うのです。塩尻さんは「或る遺書について」では木村久夫君のことを書いた。木村君はそれこそ塩尻さんの愛弟子で、下宿まで塩尻さんのすぐ近くに移して〝学僕〟のように仕えていた。その愛弟子が無実の罪を得てシンガポールの刑場で処刑された。『哲学通論』の余白に切々たる生への思いと学問への情熱をつづりながら、どれほどか生きたくても生きられなかった幾十万、幾百万の若い生命が戦いで散っていったか。それなのに……。塩尻さんの自殺者に対する〝傲慢〟という言葉は、やはりここから出て来たのだと思うのです。（八波直則『私の慕南歌』根津書房、一九八一年、一二二～一二四頁）

私も同感である。

「或る遺書について」は一九四八年五月四日に脱稿したが、S学生の自殺事件は同月二七日に起こった。そして「虚無について」は同年八月二三日に脱稿した。おそらく塩尻は高知高校が夏休暇に入った七月下旬に執筆を開始したと思われる。その際、塩尻は、『新潮』六月号に掲載された「或る遺書について」の久夫の悲運を思い浮かべながら、頻発していた青年・学徒の自殺の問題、否、彼等の生きる意義について訴えようとしたのではあるまいか。

若者よ、虚無に負けるな、人間の受け取る力は無限である、人生は生きるに価値あるものである、最後の瞬間まで、人生の可能性を見限ってはならない！

こうした塩尻の視座から見れば、S学生の自殺は「不遜」であると手厳しくなったのもやむをえなかったのではないか。

「虚無について」は、「或る遺書について」と同じく、全国の多くの悩める青年たち、とりわけ敗戦によって生き方を真剣に模索しようとして悩んでいた多くの青年たちに競って読まれ、彼らの多くに生きる自信と勇気とを与えた。塩尻の意図は、読者に正しく受け取られていったのであった。

その反響の大きさと読者の要望とに応えて、新潮社は二つの随想文を収録した『或る遺書について』(一九四八年一一月一〇日初版)を出版した。同書は瞬く間に版を重ね、幾万もの人々に愛読されるベストセラーとなった。同書によって、木村久夫は歴史の裏舞台から名誉回復して表舞台に立つ歴史的人物となり、塩尻は旧制高等学校の名物教授としてだけでなく、青年学徒のシンボル的存在として、一躍その名が全国的に知られるようになった。

三 『或る遺書について』の真髄を読み取ろう

「或る遺書について」を契機として、久夫の遺書が『きけ わだつみのこえ』(岩波文庫)に収録され、白眉の一文として評価されることになるが、マスコミでは、その遺書の改ざん疑惑を問題にして今日に至っている。しかし、改ざん疑惑の問題は、塩尻にとっては取るに足りない瑣末な問題であったと思われる。塩尻の問題提起はもっと大きく捉えるべきだと思う。

教え子の木村久夫はその遺書で「全日本国民の遠い責任」を問うた。師の塩尻は「或る遺書について」で久夫の悲運を嘆き、「虚無について」でS学生の自殺を不遜と断じたが、『或る遺書について』で世に問うたことは、もっと大きなテーマ、今を生きる私たちの生きる意味、生きるうえで最も大切な人間の要素と姿勢であったと思う。

愛する人であれ、謙譲な人であれ、そのために、すべてを受け取る人となれ。……それにしても私の未熟さよ！

それが私の読み取りである。（塩尻公明研究会代表・元大阪教育大学学長／二〇二四・一・二〇）

あとがき

本書の復刊にあたって、塩尻公明研究会はつぎの方々にお礼と感謝の意を申し上げたい。

先ず、本書『或る遺書について』の初版を一九四八年に出版され、また今回の復刊にご了解を賜った新潮社に対して敬意と感謝とを表したい。

今回の出版について格別のご配慮を賜った故塩尻公明先生のご遺族、特に、塩尻公明先生の御子息の塩尻弘雄・節子ご夫妻から出版助成の申し出があり、本研究会はその志をお受けすることにした。記してお礼を申し上げたい。

本書出版については、出版事情の困難な時期にもかかわらず、本書出版企画について身に余るご理解をくださり、出版を快諾されご協力くださった萌書房と白石徳浩代表取締役、発刊後に販売面でお世話になる白石慧氏に衷心より感謝とお礼とを申し上げたい。

【追記】　塩尻公明研究会としては、今後も中・長期的展望の下に、「塩尻公明著作集」第一期五巻、第二期五巻の刊行を企画している。今後ともご支援ご協力を賜りますれば幸いです。

二〇二四年一月三〇日　塩尻公明研究会を代表して

中谷　彪

■著者略歴

塩尻公明（しおじり　こうめい）

1901年　岡山県生まれ。旧制岡山一中・旧制一高を経て

1925年　東京帝国大学法学部政治学科卒業。一燈園，農耕生活等を経て

1930年　旧制高知高校教授

1949年　神戸大学教育学部教授（名誉教授）

1965年　帝塚山大学教授

1969年　逝去

著訳書

『ベンサムとコールリッヂ』（有斐閣）

『J. S. ミルの教育論』（同学社）

『イギリスの功利主義』（弘文堂）

『政治と教育』（社会思想社）

『人格主義と社会主義』（現代教養文庫）

『民主主義の人間観』（社会思想社）

『若き日の悩み――塩尻公明人生論Ⅰ』（現代教養文庫）

『若き友に贈る――塩尻公明人生論Ⅱ』（現代教養文庫）

J. S. ミル『自由論』（共訳：岩波文庫）ほか多数。

或る遺書について

2024年4月10日　初版第1刷発行

著　者　塩尻公明

発行者　白石徳浩

発行所　有限会社 萌（きざす） 書房

〒630-1242　奈良市大柳生町3619-1

TEL (0742) 93-2234 / FAX 93-2235

[URL] http://www3.kcn.ne.jp/~kizasu-s

振替　00940-7-53629

印刷·製本　共同印刷工業㈱・新生製本㈱

ISBN 978-4-86065-167-1